CHARADE BUNKO

Illustration

ミギノヤギ

CONTENTS

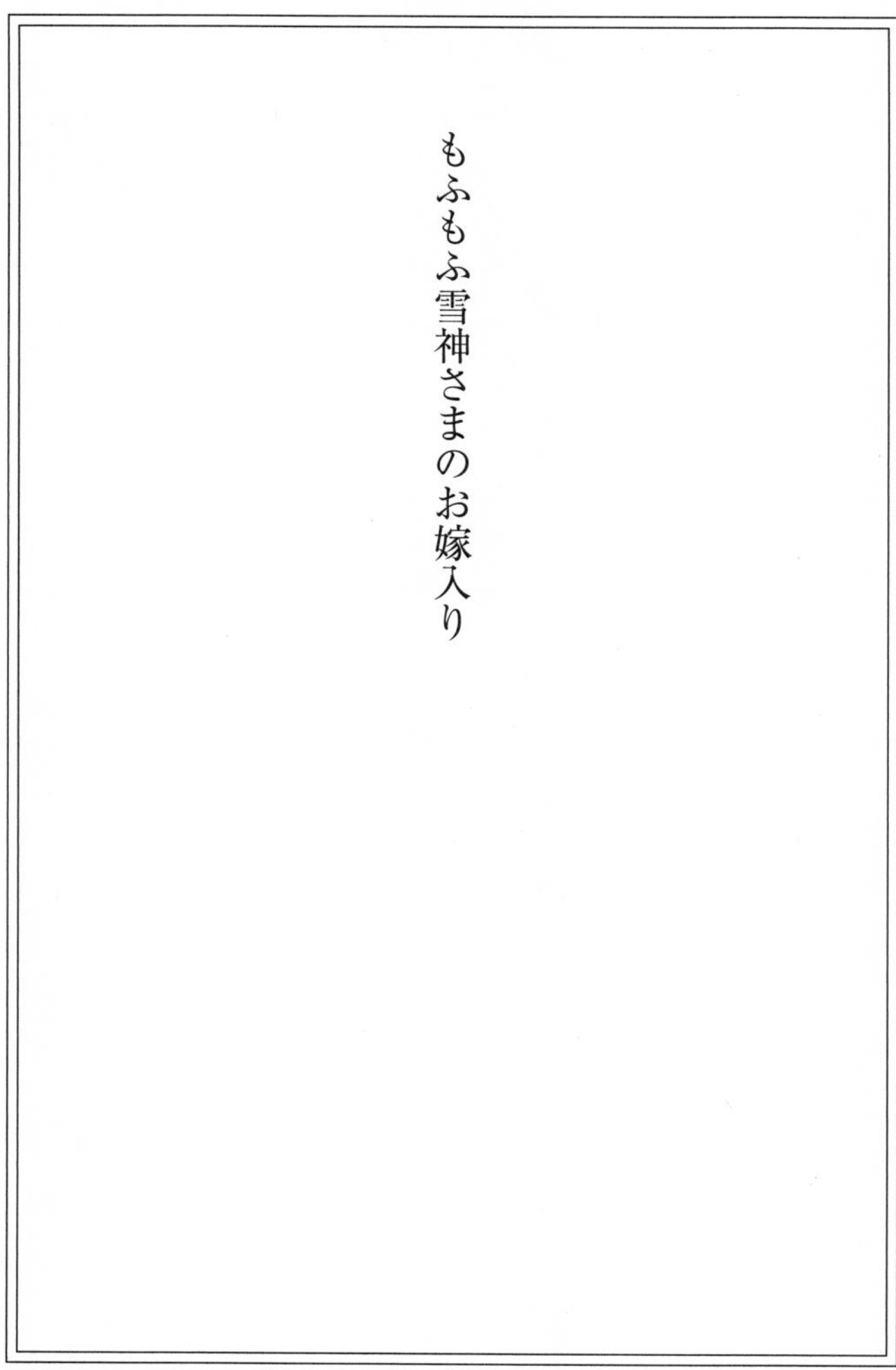

もふもふ雪神さまのお嫁入り

CHARADE BUNKO

プロローグ

初雪だというのに、その日の降り方は激しかった。はじめはこまかかった雪片は大きく重くなり、沈むようにしてあたりを灰白に染めていく。

ウルマスは白くけむった空を見上げ、見通しがさっきよりもきかなくなっていることに気づいて唇を噛んだ。そろそろ戻らないと危ない。

（でも、もう少し……ひとつだけでも見つけないと）

特殊なお茶になるという冬きのこは、雪の降り出すこの時期にしか採れない。ひとつ採れればひと月暮らせるほどの金額で売れるので、どうしても採って帰りたかった。

弟のシリンの容体が、ここ一週間、ひどく悪いのだ。もっとよく効く薬もあると医者は言ったが、薬を買うには金が必要だった。両親のいない、まだ十二歳のウルマスにはとても払えない金額——それが、冬きのこひとつでまかなえる。

あと三十分、いや二十分だけだと自分に言い聞かせ、ウルマスは壁のように続く崖の先に手を伸ばした。切り立った崖の中腹を、わずかな岩のでっぱりを頼りに横切ってきたが、目当てのきのこは見つからない。せめてこの先の窪地まで行くつもりだった。窪地から浅い谷に下りれば、谷沿いに迷わずに村まで歩いて帰れる。

一歩一歩、目を凝らして岩の割れ目を確認しながら進むあいだも、雪まじりの風はどんどん強くなる。むき出しの指はすでに感覚がなくなりかけ、ウルマスはふらつきながらゆるやかな斜面まで出て、失望のため息をついた。――なかった。

周囲の崖肌よりややくぼんだ斜面は風が弱まって感じられ、もう少し上も探してみようか、と迷ったときだった。

ふいに、下のほう――まだ草の残る窪地が明るくなった気がして、ウルマスは振り返った。雪のせいで視界は悪い。だがたしかに一瞬、金色の……夏の日差しのような光が見えた。

気のせいだろうか、と目を凝らし、ウルマスは慎重に斜面を下りた。狩りでも薬草取りでも、勘は大事だ。なんとなくいい気分のするほう、明るく感じられるほうに進むといいことがある。もしかしたら窪地の岩から、冬きのこが顔を出しているのかもしれない。

わずかな期待を胸に下りた先で、ウルマスは目を瞠った。

雪の溜まりはじめた小さな窪地の真ん中、ぺたんと座り込んで泣いているのは人間の子供だった。

いや――人間ではない。長い灰色の、まだら模様の太い尻尾が裸の身体に巻きついている。銀色の髪をした頭には、丸みを帯びた三角の、可愛らしい獣の耳がくっついていた。

「……雪神様」

老人たちに聞いたことがある。

かつて、人の登れないほど高い山の上には、神々が住んでいたという。雲よりも高くそびえた山の頂からは神々の国へと通じる門があり、人間が好きな神様はこちらの世界にはみ出して暮らしていたのだそうだ。

中でも人が好きなのは雪の神たちで、彼らは人間の世界に近づくため、眷属であるユキヒョウの姿を取って山を下りてくる。しかし、大きな獣の姿のままではこわがられてしまうと気づいて、あるときから人間の姿も取るようになった。ユキヒョウの姿から人の姿に転じた雪神は、その証として、ユキヒョウの耳と尻尾を残したまま人型になるのだという。

目の前で泣いているのは、神というにはあまりに幼い子供だ。四歳か五歳か……たぶん弟とそう変わらない年だろう。神様に子供がいるなんて聞いたことはないけれど、ユキヒョウの耳と尻尾がついた人間が存在している、というより、神様の子供なのだと考えるほうが、ウルマスにとってはまだ自然なことだった。

山の神は夫婦だというし、森の神はときに人間を妻に迎えるという。雪神はたくさんいて、世界中の天候を司るから、お互いで結婚したりもするのだろう。ならば神様が子供を産んでもおかしくない。

ただの人の子ではない証拠に、銀の髪の子供は、雪の降る気温に裸でも寒そうにはしていない。ウルマスに驚いたのか涙はとまり、尻尾をくわえてすがるように見上げてくる。

ウルマスは驚きから我に返って外套を脱いだ。

「大丈夫か？」

内側に羊毛を貼った、ぶあつくてあたたかい外套でくるみ込むと、不安そうだった子供の顔がほっとゆるむ。くんくんと猫みたいな仕草でにおいを嗅ぎ、甘えるように両手を伸ばしてくる。ウルマスは抱き上げてやった。

「ここにひとりでいると危ない……と思う。とりあえず、うちにおいで」

いくら雪の神でも、まだ子供だ。これから夜にかけて、気温がさらに下がって雪が積もれば、たったひとりで大丈夫とはかぎらない。まして裸なのだから、置いていくわけにはいかなかった。

言葉がわからないのか、子供は首をかしげる。けれど下りたがるそぶりはなく、左手でウルマスの服を摑み、右手で自分の尻尾を抱えて、ぴったりくっついてくる。

歩きはじめると頭をもたせかけ、安心したように目を閉じてしまう。泣き疲れたのかもしれなかった。あどけない口元はかすかにひらき、丸みを帯びた三角の耳はこきざみに動いていたが、ほどなくそれも動かなくなった。

眠る子供を——雪神を見つめて、ウルマスは心の中で祈った。

神様。この子を助けるかわりに、俺の弟も救ってください。

たったひとりの俺の家族だから、どうか取り上げないで。

この子のことは、迎えが来るまで――あるいは彼が自分で帰るまでは、もうひとりの弟のように大切にするから、どうか。


翌日、村は大騒ぎになった。

言い伝えでは人が好きで、この村にもよく訪れたという雪神だが、ウルマスが生まれるより前から、すっかり見かけなくなっていたのだ。

数十年ぶりに神様がやってきたことにくわえて、それがごく幼い子供の姿をしていることに、大人たちはみな戸惑いを隠せなかった。結局、いずれにしても冬が終わるまでは村で預かるしかないだろう、ということになった。ひとりで病弱な弟の面倒を見ているウルマスにはまかせられないからと、雪神の子供は村長に引き取られたのだが。

数時間もすると、村長が吹雪(ふぶき)の中を、泣きじゃくる子供を連れてウルマスの家まで来た。

「すまんな、ウルマス。村のみんなでなるべく助けるから、この子の面倒はきみが見てくれるか。どうやっても泣きやまんのだ」

ぐすぐすとすすり上げ、涙で顔をぐっしょり濡(ぬ)らした子供は、村長が話すあいだにも、ウルマスに向かって手を伸ばした。ウルマスが抱くと、ううっ、と嗚咽(おえつ)を漏らしてしがみついてくる。ぽんぽんと背中を叩いてあやし、ウルマスは疲れた顔の村長を見上げた。

「面倒見るのは、弟で慣れてるからいいですけど……こんな粗末なところで、食事もたくさんはないし……神様がかえって怒らないでしょうか」

あいにく、弟の容体はよくなっていない。熱は高いまま苦しげな息をして、目覚めると泣きたいのを必死にこらえ、眠りに落ちればうなされる。ウルマスはひそかにがっかりしていた。

せっかく冬きのこを諦めて、雪神の子供を助けたのだ。それなのに、ご利益らしいことはなにもない。老人たちが話してくれるような贈り物も奇跡もなく、ただいつもより早く冬がはじまっただけだった。今年はもう街へは下りられないかもしれない。村に閉じ込められれば高価な薬を買う機会もないのだ。

どうせなら雪神様じゃなくて、生と死の神様の子供を拾いたかった。

内心でそんな不敬なことを考えているとは想像もしないのだろう、人のよい村長は安心させるように微笑んだ。

「もちろん、食料は村のみんなで協力して、神様が十分食べられるようにする。家も壊れているところを直すのは手伝うよ。面倒を見きれないと思ったときはすぐに相談してくれればいい。とにかくまず、小さい雪神様には泣きやんで、ゆっくりしてもらわないと」

そう言った村長は、ウルマスにしがみついて静かになった子供を見やり、安堵のため息をついた。

「やっぱり、ウルマスになついておるのだな。誰が抱いても火がついたように泣いていたのに、もうおとなしくなった」

子供の頭はくったりとウルマスの肩に乗っている。どうやら疲れて眠くなったらしい。あとで米を届けるよ、と村長は言って、寒そうに季節外れの吹雪の中を帰っていった。

ウルマスは眠った子供を抱いたまま二階に上がった。村の建物はどこでも、一階は農具や狩りの道具、仕込んだ調味料や保存食を置く倉庫兼作業場と台所になっている。二階が寝起きする場所で、弟のシリンはあたたかい煙突のそばに寄せた低い寝台で一日のほとんどを過ごす。

眠っているだろう弟を起こさないようそっと子供を下ろそうとしたウルマスは、彼がぱっちりと目をひらいているのに気がついて抱き直した。涙のあとが残った頬は赤いが、目はもう濡れていない。

「おまえ、名前は?」

問いかけてから、昨日は言葉があまりわからない様子だった、と思い出したが、子供は可愛らしい声で「ぼく?」と言った。不安そうに子供は首をかしげ、知らない、というようにかぶりを振る。

「俺はウルマス。あっちで寝てるのが弟のシリンだ。きみにもそういう名前があるだろ」

ふるふる、とまた首を振られる。

「じゃあ、どこから来たかわかる？　ここはラハサという村だ。この上の山を、峠をいくつも越えて上がっていくと、神様の国に通じる山頂に出るっていうけど……そこから来たのか？」

こわがるように子供の口元が震えた。せっかくとまった涙がまた溢れそうになり、ウルマスはいそいで揺すり上げた。

「いいんだ、責めてるわけじゃない。忘れた？　それとも教えちゃだめだって言われてるかな」

「……わ、かんな、い」

「そっか。じゃあ、俺がつけた名前でいいか？」

ここにいるあいだは名前がないと困る。ウルマスは震えている獣の耳を撫でてやった。

「ユキヒョウの耳と尻尾があるから、ユキにしよう。空から降る雪と同じ意味だよ。綺麗だろう？」

「……きれい」

知らない単語なのか、子供の……ユキの眉がきゅっとひそめられ、その顔がおもしろくて、ウルマスはちょっと笑った。

「綺麗は、美しいってことだよ。空とか、雪とか、雨とか……そういうもののことだ」

そっとユキの眉間をつつき、笑ったのなんて久しぶりだ、と気がついた。両親が狩りに出たまま帰らぬ人になってもう三年だ。病弱な弟の面倒を見ながら生きていくのに精いっぱいで、笑うなんてもうずっとなかった。

——三年ものあいだ、自分はいったい、どんな顔をしていたのだろう。

一度だって笑っただろうか、と考えても思い出せず、愕然としてユキを見つめる。

「そら」

緑色の目をまばたいて、ユキが手を伸ばした。ウルマスの目元に触れて、じいっと覗き込む。

「よるの、そら。きれい」

「俺の目？　——そんなこと、初めて言われたぞ」

ウルマスの目は黒い。村ではたいていの人が明るい褐色の目をしているから、珍しいと言われていた。

「父さんに似てるって言われたことはあるけど……夜、か」

夜は好きだった。昼間は仕事や家事に追われている両親も揃って、あたたかな火をかこむ時間だからだ。冬は寒くて長い夜だけれど、どこにも行かず日がな一日、動物の毛や角を使って細工物を作るのも楽しかった。懐かしく思い出して、ふいにたまらない寂しさに襲われ、ウルマスは強くユキを抱きしめた。

ずっと不安だった。笑うこともできないほど。自分がしっかりしなければと気を張っているが、弟を亡くしたら、自分はひとりぼっちだ。ユキは神様とはいえまだこんなに小さい。それがわけもわからず知らない場所に放り出されて、名前も思い出せなかったら――心細いに決まっている。

この子も、自分も同じだ。

「ごめんな、ユキ」

雪神じゃないほうがよかった、なんてひどいことを考えるんじゃなかった。もしあそこに倒れていたのがただの人間でも、必ず助けたはずだ。だったら、ユキが神様だろうとなかろうと、優しくしなければ。

そう反省したとき、腕の中でユキがみじろいだ。

「ぎゅう」

舌足らずに言いながらユキはウルマスの頭を抱きしめる。あたたかく湿った小さな手が髪を摑んで、身体ごとすり寄せるようにして抱え込み、ユキはウルマスを撫でた。

「いいこねえ、うるます」

最初は意味がわからなかった。何度も繰り返されて、慰められているのだ、と気づく。

「うるます、いいこ、いいこ」

繰り返す声は一生懸命で、ふわっと手足までぬくもりが満ちる。ウルマスはユキの背中を撫で返した。

「ありがとうな、ユキ。ユキもいい子だ」

「いいこ？　ユキ？」

「うん。俺より、ユキのほうがいい子だよ。……眠くないなら、下に行ってお茶を飲もうか。ミルクとばらの実と蜂蜜を入れて、甘くしたお茶だ」

「みるく？　ばら？」

むむ、とまた眉間にシワを寄せているのが可愛い。そうしていると落ち着くのか、長い尻尾を前に回してしっかり手で持っている。おいしいよ、と囁いて、ウルマスは頬に張りついた髪を払ってやった。

きっとこれでよかったんだ、と自分に言い聞かせる。シリンなら大丈夫。これまでのように今回もちゃんと自力で起き上がれるようになって、そうしたらユキはいい話し相手になる。神様には神様の世界があって、彼らは人間の世界にやってきても、短いひとときしかとどまらないものだ。いずれユキも自分の世界に帰るだろうが、ひと冬のあいだくらいなら、きっと一緒に過ごせるだろう。食料は村長がわけてくれると言ったし、吹雪だって永遠にやまないわけじゃない。本格的に冬になる前に、一度くらいは街に行くことだって、きっとできる。

（大丈夫だ。……きっと、大丈夫）

迷ったときは明るく感じられるほうへ進むこと。気持ちが晴れやかに感じる方法を選ぶこと。

ユキを大切に慈しむのは、今のウルマスに選べる、一番明るい道だった。

＊＊ユキ＊＊

たっぷりの香草と一緒に豆とヤクの肉を煮込むにおいが穏やかに立ちのぼる。かまどでぱちぱちと薪や枯れ草の燃える音を聞きながら、ユキは今か今かと待っていた。

「もうすぐ、もうすぐ」

歌のようにリズムと音程をつけて呟いてスープをかき混ぜると、後ろでシリンが笑った。

「ユキ、落ち着かないね」

「だって、今日はウルマスが帰ってくるでしょ」

ユキは長い尻尾を揺らして振り返った。太くてふさふさなそれを、本当はずっと握っていたいほど落ち着かない。

「シリンは待ち遠しくない？　大好きなお兄ちゃんが帰ってくるのに」

「もちろん待ち遠しいけど、歌うほどじゃないなあ」

明かり取りの小さな窓から日の光が入る場所で、革張りの大きな本に目を落とし、文字を追いながらシリンが笑う。

「ユキってば、昨日からそわそわしてたもんね」

「仕方ないよ、十日も離れてたんだもの」

言い返しつつ、ユキの耳はせわしなく動いて、音を聞き漏らすまいとした。丸みを帯びた三角の耳は短い毛に覆われていて、人間よりも遠くの音まで聞くことができる。木戸を開け放した窓のほうへ無意識に首を伸ばして、ユキは耳と尻尾をぴんと立てた。

「鳴った！」

村の入り口に立つ境塔の鈴の音だ。境塔には見張りがいて、戻ってくる村人や、めったにいないが旅人が見えたときなどに、鈴を鳴らして村人に伝えるのだ。

ちりんちりん、という響きをもう一度確認して、ユキはシリンを置いて家の外に飛び出した。

秋の晴天。雲をつく高い山の峰々には溶けることのない雪が積もり、白く峻険(しゅんけん)な稜線(りょうせん)が青空にくっきりと映えている。そうした山のあいま、川の流れる谷地にほど近いところに、ユキの住む村はある。

村の中でも高い位置にあるウルマスの家からは、村が一目で見渡せた。

灰茶色の石を積み上げた二階建ての家々が、山の斜面につづらおりになった道沿いに続く。強い風に色あざやかにはためくのは、神への感謝を示す祈り旗だ。乾いた土とごろごろとした岩場の隙間にはささやかな畑が作られ、鶏(にわとり)が放し飼いにされていた。幾度も折り返す坂道を駆け下りていくと、ほどなく広場へと出る。

一本だけある背の低い木のまわりは広場になっていて、何人もの女性たちがたむろしていた。テーブルまで出して囲んでいるのは色あざやかな刺繍だ。絆の契り——婚礼の儀式を先日挙げたばかりの二人に赤ちゃんができたので、祝い帯をみんなで作っているのだ。

ふわふわした灰白まだらの尻尾をなびかせて通り過ぎようとするユキに、女性たちが笑顔を向けた。輪の中にいたお向かいのリッサが声をかけてくる。

「あらユキ！　ウルマスのお迎え？」

「うん！　鈴が鳴ったから！」

「あんまり急いで転ばないようにねえ」

くすくす笑いながら見送る彼女たちに見守られ、ユキはまた転がるように走り出した。

（ウルマス、ウルマス）

この世で一番大好きなウルマスに、あと少しで会える。

山あいのこの村は、ものを売るにも買うにも、下の少し大きな街まで行かねばならないのだが、片道に四日かかる。街では取引と休憩のため、二日は滞在するから、一度出かけると最低十日は帰ってこられないのだ。

一秒でも早く会いたくて村を駆け抜け、門がわりの境塔も通り抜けると、外の広場ではちょうど、男たちがカッツァルの背から下りるところだった。

馬とロバをかけあわせたカッツァルは、体力があっておとなしい。便利な分高いから、十頭いるカッツァルはすべて村の共有財産だった。待ち構えていた女性たちから干し草や水をもらうカッツァルから、男たちが力をあわせて荷を下ろす。

村では採れない緑色の葉野菜や、目の細かい服生地。新しい刃物や農具。砂糖や塩といった調味料。薬に包帯、書物に質のいい油、陶器の皿に鉄のスプーン。ひとつひとつ荷が開けられるたびに歓声が湧いた。二か月に一度、下の街から買ってきたものが届く日は、村にとって心が浮き立つ特別な日でもある。

わいわいと大勢で賑わう中にウルマスを探したユキは、見慣れた横顔を見つけて胸を高鳴らせた。

精悍で目鼻立ちのくっきりしたウルマスは背が高い。山で鍛えられた身体は研ぎ澄まされたたくましさがあり、村の娘たちが鷹のようだ、とうっとりした目を向けるほどだった。短い黒髪と夜空のような色の瞳は、たしかに俊敏な獣を思わせる。

けれど彼は優しい。ぶっきらぼうで口数の少ないウルマスは、ユキと弟のシリンにだけはとびきりに甘いのだ。

たった十日でさらに精悍さを増した気がするウルマスに見惚れかけ、ユキは急いで駆け寄った。

「おかえりなさい！」

勢いそのままに抱きつくと、ウルマスはしっかり受けとめてくれる。嬉しくてくるくると喉が鳴ってしまい、精いっぱい頬をすり寄せるユキの頭を、大きな手が撫でた。

「ただいま。留守のあいだ、なにもなかったか？」

「うん、なにも。シリンもずっと元気だったよ」

すり寄るだけでは足りなくて、ユキは長い尻尾をウルマスに巻きつけた。ぎゅっと身体を押しつけて、全身でウルマスを感じ取る。

「ウルマス……寂しかった」

自分でもどうか、と思うのだけれど、ウルマスが近くにいないと、ユキは落ち着けない。留守のときは彼の服を抱いていないと眠れないくらいで、シリンにも笑われる。年が明ければユキも大人の仲間入りをするのだから、いい加減、べったりくっついてばかりは恥ずかしいことだとわかっているのだが。

「ちゃんと無事に帰ってきただろ」

ウルマスはぽんぽんと背中を叩いて、それでもユキが離れないでいると、ため息をついて抱き上げてくれた。首筋にしがみつくユキに、近くにいた顔なじみの男が声を上げて笑った。

「またユキはウルマスにくっついてるのか。まるで熱烈な恋人だなあ」

む、とウルマスは眉をひそめる。ウルマスはユキが「恋人のようだ」と言われるのが好きではないのだ。ユキはもちろん、恋人扱いされたら嬉しいけれど……それでも一応「弟だよ」と訂正するより早く、別の男性が「仕方ないさあ」とのんびり言った。

「雪神様ってのは人なつっこいもんさ」

「そうとも、そうとも」

商隊をねぎらうお茶を持ってきた老人が、相槌を打って白い髭を揺らした。青や紫のサクラソウで淹れる花茶は疲れを癒す効果があり、一緒に配られる橡餅は栄養がたっぷりだ。村人たちが荷の仕分けをする横で、街まで行って帰ってきた男たちは輪になってお茶を飲む。お土産目当ての子供たちも集まってきて、みんな一緒に餅やお茶を楽しみながら、荷ほどきのあいだ老人の話を聞いたり、街の噂を聞いたりするのが習慣だった。

お茶を配り終えると、老人は荷物のひとつに腰を下ろした。

「雪神様はきまぐれなところもあるが、人間がお好きじゃ。それでときどき、眷属のユキヒョウの姿を借りて山々を歩き、人間のことを見てまわる。それでも足りず、あるとき人間の姿になってみようと思い立たれたが、半分ユキヒョウのかたちが残ってしまったんだと」

「そそっかしい神様だよな」

誰かがまぜ返すが、ふぉふぉ、と笑い声を立てた老人は穏やかに首を横に振る。

「おおらかな神様なんじゃよ。おかげで、わしらは雪神様がいらっしゃると、そうとわかっておもてなしができるのさ。昔はときどき、ユキみたいに半分人の姿になった雪神様が、この村にも来たもんだ」

老人は餅をかじってみせて、「この餅もお好きでな」と笑う。

「わしがまだほんのちっこい子供のころさ。家に戻ったら、台所で雪神様が餅を食っていて、そりゃあびっくりしたけれど、翌日には大きな青羊が置いてあったんじゃ。眷属のユキヒョウが狩った獲物を、お礼がわりにくれたんだ。ただまあ、そそっかしいから、間違えて隣の家の前に置いてあったんじゃが」

どっとみんなが笑った。何度も聞いた話でも、老人の口ぶりがおもしろくて、毎回笑ってしまうのだ。ユキも長い尻尾を振りながら聞き入る。

おもしろいけれど、おじいさんたちが話してくれる「雪神様」は、ユキにとっては遠い存在で、自分の仲間だと言われてもぴんとこない。

「雪神様たちは秋祭りにもよく来たんだろう？」

「そうとも。みなが仮面をつけて踊るじゃろ。それでひょいと見ると、いつのまにか耳と尻尾のついた雪神様がまじっておるのさ。気づいたらみんなで酒を振る舞う。お酒がお好きじゃからな、雪神様は夜まで祭りを楽しんで、機嫌よく山に帰っていくんだ。そうやって雪神様が来た年は、冬の寒さが厳しくて、雪がどっさり降るんじゃが、翌年は草木がよく茂るから、ヤクも羊もよく育つ。木の実も豊作になって、飢える心配がないんじゃよ。雪や雨、風を司るのが雪神様じゃから」

ぺろりと餅を食べ終えた老人は、愛（いと）おしそうにユキを見つめてくる。

「長いことおいでにならんと思うていたら、ユキが来てくれたからのう。どうだね、今夜あたりは宴をひらかぬか。酒がほしくはないか?」

　楽しそう、とユキは思うが、返事をするのはウルマスのほうが早かった。

「ユキはまだ子供だからだめだ」

　しっかりと肩を抱き寄せるウルマスに、居合わせた人々は囃し立てるように笑った。

「はじまった。ウルマスの過保護だ」

「ユキが隣の家にお茶を届けるのも心配なんだよな、ウルマスは」

「向かいのリッサたちとお喋りしてたら、血相変えて探しに来たんだって?　ユキも大変だなあ」

　口々に言われるウルマスは仏頂面で、ユキは急いで首を横に振った。

「大変じゃないよ。ウルマスは、ぼくをとっても大事にしてくれるもの。街に出かける前も、熱くしたミルクでぼくが舌を火傷したから、見せてみろって——」

「ユキ、その話はいいから」

　ウルマスが話を遮ったが、みんなは手を鳴らして笑いあう。

「それじゃ恋人というより赤ん坊の扱いだなあ」

「過保護もほどほどにせんと。逆に嫌われてしまうよウルマス」

「……よけいなお世話だ」

ウルマスはちょっとだけ目元を赤くして、ユキを促した。

「戻ろう。シリンも待ってる」

「うん。みんな、またね」

ユキは片腕をウルマスの腕にからませて、村人たちに手と尻尾を振った。わははとしつこく笑いながら、みんなも手を振り返してくれた。

「ウルマスもすっかり立派になって」

感慨深げな声だけが、背を向けても聞こえてくる。

村に住んでいるのは二百人ほど。湖から流れ出す川の近くにあり、ヤクや羊の放牧と、わずかな土地を耕して得られる農作物、山草や木の実、果実や獣といった山の恵みで暮らしている。ほかの国へと続く大きな街道から外れたこの村は、旅人もめったに訪れない、ごく穏やかでのんびりとした場所だ。冬が長く、一年の三分の一は雪に閉じ込められる寒い土地だが、全員が顔見知りで、家族のようにあたたかい。

あれこれとウルマスをからかっても、それは愛情に溢れたものなのだ。

「弟の面倒もよく見てるし、なによりユキを大事にしてくれてる」

「ユキがいてくれるのは本当にありがたいよ。今回だって、丸十日、一度も雨がなかったんだ。おかげで荷がひとつもだめにならずにすんだ」

「明日は雨になりそうだものな。ほどよく降ってくれて助かるよ。……もう十二、三年か」

「ユキのおかげか、このあたりは狼も出ないからね。二つ先の村じゃ、子ヤギが全部やられたそうだから」

「ユキヒョウがなかなか姿を見せんから、狼どもがのさばるのさ。……雪神様がまた、山に戻ってきてくだされぱいいが」

「ユキは大事にしないとなあ。神様はきっと、ユキを通して我々をご覧になっているだろうから」

「あとで米を届けよう。それと、ユキの好きな蜂蜜と」

徐々に遠くなるしみじみとした口調がくすぐったくて、ユキは耳をぴるりと動かした。

村の人たちは信心深い。村より高い崖のふちには寺院が建ててあり、そこには様々な神様が祀られている。山の神、雪の神、森の神、地の神、火の神、生と死の神。折に触れ祈りと供物をかかさず、よいことがあれば感謝するのだ。

そうして、ユキヒョウの耳と尻尾を持つユキは雪の神なのだと、みな口を揃えるのだった。

自分より少し高い位置にあるウルマスの目を見上げると、ウルマスはようやく表情をゆるめて見下ろした。

「どうした?」

「……ううん。みんながまた、ユキのおかげだって言ってるな、と思って」

「仕方ない。ユキは神様なんだから」

「神様……なのかな」

　ユキは自信がない。小さなころにウルマスに山の中で助けられたというが、覚えているのはウルマスと彼の弟のシリンと一緒に暮らしはじめてからの記憶だけだった。

「ユキヒョウの尻尾と耳があるだろ。神様の証拠だ」

「そう……かなあ。ただ尻尾と耳があるだけの、普通の人間かもしれないよね」

　だって、ユキは村人たちが期待するような「奇跡」を起こしているわけではない。たとえば雨。もちろん、ウルマスが出かけるときは、道中雨が降らないように、悪いことがありませんようにと祈るけれど、それでも雨が降るときは降る。幾日も雪がやまずに冬狩りに出られないこともあったし、助かればいいと願った犬は死んでしまったし、たくさん採れますようにと祈ったきのこがひとつしか取れなかったりもする。

　それでも、村人たちは絶対にユキを責めない。神様というのはそういうもんさ、と言って、いてくれるだけでいいと優しくしてくれるのだ。

　期待に応えられないのは心苦しく、いつも必要以上に大切にされているようで、ユキとしては申し訳ない。

「ユキは神様だよ」

心を読んだように、ウルマスが前を向いたまきっぱり言った。

「俺は知ってる。ユキのおかげで、命をとりとめたやつもいるんだ。ユキにもできないことがあるのはみんなわかっているけど、それでも神様を大事にするのはあたりまえのことだ。ユキが申し訳なく思う必要はない」

「——うん」

誰の命も助けたことなんてない、とは思うけれど、ウルマスの低くて落ち着いた声を聞くと、不思議と安心する。ユキは彼の肩に頬をすり寄せた。

「お隣のスニタからヤクの肉をもらったから、スープに入れたんだ。シリンも待ってるよ」

自分が神様だなんて、ユキは信じてはいない。わかるのは、自分はウルマスに助けてもらったことと、名前をつけてもらったことだけだ。だから誰よりウルマスが好きだし、ウルマスと一緒にいられれば、ほかに望むものはない。シリンも一緒に、ずっとずっと三人で暮らせたらいい。

ユキはこの世で一番、ウルマスが好きだから。

猫のようにくっつくユキに、ウルマスは懐からなにかを取って差し出した。

「お土産だ」

「なあに？　……あ、うさぎだ！」

もこもこした羊毛でできたぬいぐるみは、白いうさぎのかたちをしている。手のひらに乗るくらいのサイズで、赤いリボンが首に巻かれていた。

「ありがとうウルマス。可愛いね」

「それがあれば、少しくらい不安なときも、自分の尻尾を握らなくてすむだろ」

目の端に、それとわからないほどかすかに笑みを滲(にじ)ませてウルマスは言う。ユキは尻尾を前に回した。

「……やっぱり、尻尾を持つの、子供っぽいよね」

「口にくわえなければ気にすることないと思うけどな。ユキがやめたがっていたから、かわりに握るものがあったらいいかと思って」

「そっか。使ってみるね」

大人ならぬいぐるみだって握りしめない気はするが、尻尾よりはましかもしれない。丸い目のついたもこもこのうさぎは見るからに可愛らしく、への字になった口元が、どことなくウルマスを思わせた。

(可愛い。これを持ってたら、ウルマスが仕事でいないときも寂しくないかも)

ウルマスが懐に入れて持ってきたせいか、ほんのり彼のにおいがするのもいい。

「こういうお土産は初めてだね。いつもはシリンに本と、ぼくにはお菓子なのに」

「――たまにはな。気に入ったか?」

「うん、もちろんだよ！　顔がむってしてるの、ウルマスに似てるし」

「……似てない」

「似てるよ」

　やわらかいうさぎをそっと抱え、ユキは顎を上げてウルマスの頬に口づけた。

「大事にするね。ほんとにありがとう」

　唇が触れるか触れないかで、ウルマスがぎょっとしたようによけた。眉をひそめて、ごしごしと口づけられた頬を拭う。

「なにしてるんだ。こんなの、誰に教わった？」

「リッサだよ。大人の挨拶だって……だめだった？」

　嫌悪もあらわな仕草と表情に、ユキはしゅんとした。

「昨日教えてもらったの。早くウルマスが帰ってこないかなって言ったら、大人の挨拶で迎えてあげたらって。おかえりにも、おはようにも、ありがとうにも使える挨拶なんでしょう？」

「――リッサの嘘だ。からかわれたんだよ」

　ウルマスはため息をつきながら視線を逸らした。

「そんな挨拶、ほかのやつがしてるの見たことないだろ。いいかげん騙されないようにしろよ。前だって、帰ってきたときは『ごはんにする、お風呂にする、それとも私？』って言うって、どうしようもない嘘にひっかかったじゃないか」

「あれは……ごめんなさい」

リッサは嘘じゃないって言ってたよ、とは反論できなかった。

色あざやかなアクセサリーを作るのを生業にしているリッサは、村の中では変わり者で通っている。明るい赤毛で女性にしては背が高く、普段からお祭りのときのように色とりどりの紐を身体中に飾りつけていて、食べ物の趣味も変わっているけれど、ユキにとっては頼れる近所のお姉さんだ。彼女はいつも、「特別に仲のいい二人」の挨拶や作法を教えてくれる。

「ユキもウルマスにしたらいいのよ。そうしたら兄弟でも親子でもない、特別な絆で結ばれた二人になれるわ。猟師のヴァシリーとニジニとか、医者と薬師のタチアナとナリみたいにね」

リッサはそう言ってウインクしてくれ、だからやってみよう、といつも思うのだ。

ユキはできれば、ウルマスとは「特別に仲のいい二人」がよかった。

村では十八の年齢になると大人とみなされて、子供は親の家を離れて新しい場所に住む。ユキは拾われたから正確な年齢はわからないが、ウルマスの弟のシリンと同い年ということになっていた。

相変わらず身体が弱いながらも、シリンはたくさん本を読んでいて頭がいい。近頃は力仕事をこなす体力もついたから、冬が来て年が明け、春が巡って独り立ちできるのを楽しみにしている。大きな街まで下りて、学校に行きたいのだそうだ。けれどユキは少しも楽しみに思えなかった。

ずっと一緒がいい。ウルマスと離れて生きていくなんて、とても考えられない。

（……でも）

微妙に背けられたままのウルマスの横顔を、ユキは盗み見た。ふわふわといつまでも甘さの抜けないユキの顔とちがって、ウルマスはもう大人の男の顔をしている。ユキの知らない表情だ。以前よりもウルマスが遠くなったように思えて、にぶく胸が痛んだ。

いつからだろう。ひたすら優しかったウルマスが、ユキに対してだけ、さっきのようにいやがるそぶりを見せるようになったのは。全身で甘えると迷惑そうにしたり、そばに近づくと用事を思い出したように離れていったり。

お土産を買ってきてくれたり、体調を気遣ってくれたり、変わらない部分もたくさんあるけれど、ときどき誤魔化せないほどよそよそしく振る舞われるのが、ユキは悲しかった。

ウルマスはきっと、早くユキに独り立ちしてほしいのだろう。彼は九歳のときに両親を亡くし、以来ひとりで弟の面倒を見てきた。十二のときからはそこにユキも加わって、ウルマス自身がまだ子供だというのに、父として兄として守ってきてくれたのだ。シリンはもちろん、ユキが独り立ちすれば、ウルマスはやっと自由になれる。急いで家に帰ってユキたちの無事を確かめる必要もなく、仲間とお酒を飲むことだって、街に出かけたら好きなだけ滞在することだって――村を出ていくことだってできるのだ。

ウルマスには幸せでいてほしい。それは偽りのない願いだけれど、同時にユキはどうしても、彼と一緒にいたかった。

もしできるなら一生そばにいたい。許されるなら、ひとときだって離れずに、仕事をするあいだも寄り添っていたい。

数年前から意識するようになったその願いは、大人になるにつれ、消えるどころか飢えのようにひどくなりつつあった。そういう渇望をなんと呼ぶのかは、ユキも知っている。焦がれるように強く想い、特別な間柄でありたいと願うのは――恋、というのだ。


数年前。冬の、雪が溶けずに村を覆いはじめたころのことだった。

朝早くに村の男たちと冬狩りに出かけたウルマスは、日が暮れる時間になってやっと、分け前の肉の塊を手に帰ってきた。

「途中で雪が強くなって、狩れたのは年老いた青羊一頭だけだった。明日も猟に出ないと」

「明日も？　昨日も行ったのに」

「ああ」

ウルマスは言葉少なだった。昨日も猟で、その前の日までは近くの集落まで、崩れてしまった家を直す手伝いに通っていたから、相当疲れているはずだった。

それでもシリンとユキが用意していたスープを飲み、大麦パンを食べると笑顔を見せた。

「今は二人がこうやって家のことをやってくれるから、助かってるよ」

シリンとユキは顔を見あわせた。

ユキが神様だから、村の人たちは家族三人が必要な食料を優先的に確保してくれる。危険な狩りに出るのはウルマスだけで、身体の弱いシリンと神様のユキは、安全な村の中や近くの山での仕事しかしなくていいのが、ユキは心苦しかった。

特別扱いされる後ろめたさは、たぶんウルマスにもあるのだと思う。たまたま小さかったユキを拾っただけでいい身分だと言われないためには、人一倍働かねば、と思っているふしがあって、気持ちがわかるからよけいに申し訳ないのだ。

「明日、僕も行こうか」

追加の大麦パンをウルマスに差し出して、シリンが言った。

「僕ももう熱を出して寝込むことはめったにないでしょ。そろそろ、狩りだって行けると思う」

「おまえはまだ子供だろ。それに、医者の先生の手伝いもある」

「じゃあ、ぼくが行く？」

「ユキはだめだ。……仕事なら、村の中にもたくさんあるだろ」

パンをスープで流し込むと、ウルマスは立ち上がった。

「先に風呂、入ってくるな。ついでに明日の分の薪も割ってくるから」

ランプを手に出ていくウルマスを見送って、ユキはシリンと再び顔を見あわせた。

「……薪、割っておけばよかったね」

「昼間、リッサのところにわけちゃったもんね」

女性ひとりで暮らしてアクセサリーを作っているリッサのために、薪をわけたり青羊の角の加工を手伝ったりするのは昔からだ。ラハサの村より険しい山の中にある、薬草で生計を立てている小さな集落に、力仕事があれば助けに行くのも、食料をわけるのも、今日にはじまったことではないけれど。

「兄さん、最近なかなか家にいないよね。雪で出歩けなくなる前に、いろいろすませなきゃいけないからなのはわかってるけど……去年はここまでじゃなかった気がする」

「シリンもそう思った？　ウルマス、夜もなんだか眠れないみたいなんだよね」

ユキは今でもウルマスと同じ寝台で寝ている。小さいころ、ひとり寝ができず一緒に寝ていた習慣がそのままになっているのだ。だから眠っていても、すぐ近くにいるウルマスが起きているとか、ときには寝台を抜け出してしまうことにも気づいていた。

「なにか悩みでもあるのかな、ウルマス」

皿を流し台に運んで、シリンは思案げな顔をした。

「もしかしたら兄さん、リッサに告白して振られたんじゃないかな……」

「え？　告白？」

どきっとして、ユキはシリンの顔をまじまじと見つめた。以前はシリンのほうが小さかったのに、最近はちょっとだけ彼の目線が上なのが悔しい。が、今はそれどころではなかった。告白、ということは、ウルマスがリッサを恋人として好き、ということではないか。

「ウルマス、リッサが好きなの？」

たしかに年が同じだし、幼馴染み（おさななじみ）だから気の置けない間柄に見えたけれど、ユキは二人に格別に親しい雰囲気を感じたことがなかった。シリンは真面目（まじめ）な顔で頷く。

「だって、兄さんがまともに話す女の人ってリッサだけだもの。リッサ、ユキのことも可愛がってくれるでしょ。だから兄さんもリッサには好意的なんだろうけど、それが恋に変わってもおかしくないと思うんだ」

「恋っていうことは……特別に仲よくなりたいってことだよね」

洗わなくてはいけない皿を見つめて、ユキは呟いた。なぜか胸がすうすうする。シリンは手早く洗いものを進めていく。

「そう。いずれは契りを交わして、特別な絆を持ちたいって思う相手が、恋する人だよ」

医者の先生の仕事を手伝ったり、ウルマスが街から買ってくる本をたくさん読んだりして勉強しているシリンは物知りだ。

「この村では男性同士とか、女性同士も契りを結ぶんだけど、街では珍しいことなんだって。山での生活は過酷だから、夫婦じゃなくても一緒に暮らす相手や、命を預けられる相手が必要だからじゃないかって、先生は言ってた。……僕も、兄さんにリッサは素敵な組み合わせだと思うけど、リッサはたぶんその気がないんだよね」

「――シリン、すごいね。わかるの？」

「前に一度、リッサがほかの人と話してるのを聞いたことがあるんだよ。待ってる人がいて、諦められないって。なんとなく、待っていてももう帰ってこない人じゃないかなあと思うから、兄さんにも勝機がないわけじゃないと思うんだけど」

うまくいくとよかったのにな、とシリンは残念そうだった。

「兄さんも、少しは頼れる人ができたら、きっと楽だと思う。僕らは弟で、守らなきゃいけない存在だから、兄さんとしては愚痴を言ったり弱みを見せたりできないでしょう」

「……うん。そうだよね」

ユキが握ったままの皿を、シリンが取って洗ってくれる。彼の言うとおりだ。リッサでも、リッサじゃなくても、ウルマスが気持ちを打ち明けられるような人がいたらいい。ウルマスには幸せになってもらいたいから。

そう思うのに、胸の真ん中に穴があいたように寂しかった。

ウルマスに「好きな人」ができるなんて、一度も想像したことがなかったのだ。ユキにとってのウルマスは、なにごとも完璧にこなせる頼りになる存在で、恋だとか、弱みがあるだとか、人間らしいこととは無縁なのだと、どこかで思っていた。

(……でも、ウルマスだって人間だものね)

疲れる日もあるのだから、恋だってするだろう。恋をすれば、きっとその相手のことが一番大切になる。弟やユキではなく、別の誰かを愛するのだ。ユキにするように笑って、シリンにするように大切にして。抱き寄せて、背中や頭を撫でて、一緒に眠る。

いやだな、と呟きそうになって、ユキは尻尾を摑んだ。無意識にそれをくわえて、もやもやとした暗い気持ちを忘れようとする。なにも考えないように一心に洗った皿を拭き、明日の朝に焼くパンの生地をこねて筵(むしろ)をかぶせ、かまどに薪や小枝を足し、炭を火鉢に移して二階へ運んだ。

そうしているうちにウルマスが風呂から上がり、ユキもシリンと交代でお湯を使った。一階で黙々と作業するウルマスに挨拶をして寝台にもぐり込んでも、眠気はなかなか訪れなかった。

ウルマスは本当にリッサが好きなのだろうか。お隣の仲のいいご夫婦や、猟師のヴァレリーたちみたいに、リッサと契りを結びたいとしたら、応援してあげなければ、とは思う。リッサのことは好きだ。ユキも彼女にはいろいろなことを教えてもらっているし、アクセサリーを作る仕事を手伝うのも楽しい。華やかな花嫁衣装を着た彼女は綺麗だろうから見てみたいし、ウルマスとだってお似合いだ。

（……なのに、どうしてぼく、いやなんだろう）

頼めばきっと、ウルマスはリッサと暮らすことになっても、ユキも一緒でいいと許してくれるはずだ。ユキもシリンもまだ独り立ちできない子供だから。……でも、その先は？三、四年先のことを、ユキは想像ができなかった。

どんなかたちでもいいからウルマスとは一緒にいたいな、と思って布団の中で寝返りを打ち、ユキはシリンがつけていたランプがいつのまにか消えているのに気づいた。本を読んでいた彼も寝たようだ。階下はほのかに明るかった。ウルマスはまだ寝ないつもりなのだろうか。

明日の朝も早いのに、ずっと寝不足では身体が参ってしまう。水を飲みがてら、もう寝たら、と言おうと決めて、ユキは寝台を抜け出した。

足音をしのばせて階段を下りると、ウルマスはテーブルにつっぷして、かすかな寝息を立てていた。作業の途中で眠ってしまったらしい。それほど疲れているのだと胸が痛くなって、ユキは壁にかけた自分の外套を取った。裏に羊毛を使った外套は重たいがあたたかい。起こさないよう細心の注意をはらってウルマスの肩にかけてやり、腕の隙間から見える顔を見つめた。

ぐっと寄せられた眉が苦しそうだ。眠っていてもそんな表情なのは、悩みがあるからか、疲労が溜まっているせいか。小さいころから一緒にいて、ウルマスが疲れてテーブルで眠り込むのなんて初めて見た。

……つまりはそれだけ、ユキたちの前では気を張りつめていた、ということだろう。

閉じたまぶたを見ていると、胸がいっぱいになった。

「ぼくなら、いいのに」

頼るのはリッサじゃなく、ユキにしてくれればいい。自分だっていずれは大人になるのだから、悩みも、つらいことも打ち明けてほしい。誰かと契りを結びたいなら、ユキを選んでくれれば——ユキは絶対にウルマスを拒んだりしない。そばを離れず、一生愛すると誓うのに。

誰にも渡したくない。焼けつくようにそう思い、ユキは叫び出したくなる口を両手で覆った。

恋だ、と悟ったのはそのときだった。

数年前のその夜から、ユキはウルマスに恋をしている。

標高の高い村は、夏でも夜は冷え込む。短い秋になればしんとするほど寒い。ユキは寒いのが好きで、肌に冷えた空気を感じるとどこかほっとするのだが、さすがに今日は緊張した。

裸になって、どきどきしながら裏庭に出ると、油布で囲った風呂場では、ウルマスが身体をお湯に沈めていた。厚くなりはじめた夜の雲を眺めていた彼がユキに気づいて振り返り、ぎくりとこわばった顔をする。

「なにしてるんだ」

「お風呂、一緒に入りたくて」

手ぬぐいでまだ子供っぽい股間を隠しながら、ユキはうろうろと湯船のふちに視線を彷徨(さまよ)わせた。数年前に彼に恋をしていると自覚して以来、ときどき、ウルマスを見ると恥ずかしいような気持ちになる。とくに裸はだめで、一段と男らしさを増した裸体が眩(まぶ)しく思え、直視できなかった。

「よ、よかったら、背中流してあげる」

「……またリッサの入れ知恵か」

「そんな言い方しないで。リッサは親切でいろいろ教えてくれるんだよ」

リッサはいつだったかシリンが言っていたとおり、ウルマスを恋人として受け入れる気はないようだった。待ち続けている人がいる、というのはユキも彼女の口から聞かされたが、幼馴染みの二人は仲がいい。

今は恋じゃなくても、いつか彼女も、ウルマスなら、と契りをかわす気になるかもしれない、とユキは思っていた。だから自分の気持ちを正直に打ち明けたことはない。リッサはユキが子供っぽい独占欲を抱いていると思っているようで、からかいつつも「特別に仲のいい二人」になる方法を教えてくれるのだ。

「優しいんだよ、リッサは」

言いながら勇気を出して近づいて、ユキはウルマスの後ろで、湯船に足を入れた。決して大きくはない木製の湯船は、大人二人では窮屈だ。すぐに立ち上がろうとするウルマスの背中に、ユキはすがりついた。

「待って。行かないで。ここなら、二人でゆっくり話せると思って……だから」

「――話があるのか?」

身を硬くしていたウルマスは、ユキが「うん」と言うと、諦めたように腰を下ろした。

「聞くけど、あんまりくっつくなよ」

前のめりに湯船のふちにもたれて、ウルマスは極力離れているつもりのようだった。広い背中にくっきり刻まれた四本の爪痕(つめあと)は黒熊のものだ。子供のころに襲われてできた傷なのだという。痕はかえって精悍さを引き立たせていたが、きっと痛かっただろう、と思うと触れてみたくなる。

静かに撫でて、癒してあげられたらいいのに。

そう思いながらユキは自分の尻尾を握りしめた。

「あのね。ぼく、ウルマスに謝らなきゃいけないと思うんだ」

「謝る？　なにを？」

「……最近ずっと、ウルマスはぼくを避けてるでしょう。ウルマスが理由もなくそんなことするはずがないから、ぼくがなにかしてしまったんだよね」

ウルマスはお湯を揺らしてため息をついた。

「その言い方だと、心当たりはないんだな」

「……リッサに教えてもらった、いろんなことをしたせい？　でも、その前からウルマス、ときどき視線を逸らしたり、ぼくが近くに寄るのをいやがったりしたでしょう」

「――そんなことはない」

「嘘だ」

気まずげになったウルマスがそれでも嘘をつくのが悲しくて、ユキは思いきって背中にもたれた。張りのあるなめらかな皮膚の感触に、たまらなくどきどきする。

「前みたいに、抱きしめてくれなくなったもの」

「昼間抱っこしただろ。帰ってきたとき」

「でも、その前はいつしてくれた？　夜寝るときも背中向けてて、ぼくが呼んでも寝てるふりしたりするでしょ」

「覚えてないな。本当に寝てたんだ。——くっつくなって言っただろう」

「ほら」

意地でも振り向かないつもりらしいウルマスの背中から離れて、ユキは唇を尖らせた。

「くっつくなって、すぐ言う。どうして？」

「……」

「ぼくがなにかしたせいで怒ってるなら教えて。謝るから」

ウルマスはそれでも振り向かない。うなだれるように頭を下げ、深いため息をつく。

「怒ってない」

「でも、」

「ただ、リッサに教わった挨拶だとか、特別に仲のいい間柄しかしないことは、もうするな」

きっぱりした口調だった。反論を許さない空気にユキは思わず黙り込み、そのあいだにウルマスはお湯をしたたらせて立ち上がった。

「先に出るから、ユキはあったまってこい」

「っ、待って」

慌ててユキは手を伸ばし、ウルマスの腕を摑みそこねて前のめりになった。湯船のふちをまたげばいい、と頭でわかっていても足が動かず、みっともなく転がり落ちるのを覚悟する。

刹那、振り向いたウルマスががっしりとユキの身体を摑んだ。なんなくひょいと持ち上げられる。

「危ないな、なにしてるんだ」

「……ッ」

尻尾の先まで痺れたようだった。今までだってさんざん抱きしめてもらった腕なのに、裸でむき出しだというだけで、全然ちがうもののように感じられる。それに、ウルマスの身体。

(かたくて……大きい)

無駄がなく力強い肉体は、華奢なユキをすっぽり包み込んでいる。湯であたためられた皮膚はほのかにウルマスのにおいを立ち上らせていて、くらくらと目眩がした。

「ユキ？　どうした、どこかぶつけたか？」

心配して覗き込んでくるウルマスとまともに視線がぶつかり、かあっと頭の中まで熱くなった。逃げ出したくても、ぴったりと股間がウルマスの太ももに押しつけられていて、じんじんするそこを見られるのがこわかった。恋する相手に、みっともないところなんて見せたいはずもない。

誰にも聞いたことはないけれど、この現象がおおっぴらに口にできるような「いいもの」でないのはなんとなくわかっていた。物知りのシリンが一度も言ったことがないのだから、恥ずかしい部類のことなのだと思う。

じっとしていればきっと気づかれない、と思ったのに、眉を寄せたウルマスは身体を離すとそこに目を向け、吸い寄せられるように凝視した。

「っ、み、見ないで」

慌てて隠したが、ごくりとウルマスが喉を鳴らすのが聞こえて、ユキは身を縮めた。

「ごめんなさい……、変、だよね。ぼく、ときどきこうなって……、っ」

「ときどき、なるのか？　初めてじゃない？」

ウルマスは両手と尻尾を使って隠したユキの股間を見たままだ。表情は険しく、ユキは逃げるように腰を引いた。

「前にも……二回、くらい……」

「二回」

繰り返したウルマスはほとんど上の空だった。大きな手でユキの腰に触れかけ、びくりとユキが震えてしまうと、はっとして手を引いた。

「――初めてじゃないなら、わかるな、処理の仕方」

「処理？」

「楽になる方法だ」

ぶっきらぼうに言いながらウルマスは背を向けた。ユキはきつく尻尾をはさみ込みながら、みじめな気持ちで頷くしかなかった。

「たぶん」

自分のやり方があっているか自信はないけれど、わからないと言ったらウルマスを困らせるのは明らかだった。

（謝ろうと思ってたのに、最悪だ）

距離を縮めて、少しでも特別な間柄に近づけないかと期待していた分、自分の失態が悔しい。どうして股間のこの器官は思いどおりにならないのだろう。

「大丈夫、先に上がって。……ごめんね」

ウルマスは半分だけ振り返り、くしゃりと頭を撫でて風呂場を出ていく。扉が閉まる音を確認してから、ユキはまだ熱く、硬いままの花芯を握った。羞恥と後悔があるのに、興奮したみたいに呼吸が速かった。

（……ウルマスのも、おっきくなってた）

ユキの桃色がかった果物のような見た目とちがい、ウルマスのものはずっしりと重そうだった。付け根にはしっかりと毛が茂り、黒っぽい色をして、反り返るように先端が上を向いていた。自分のものだと情けなくて恥ずかしい現象なのに——ウルマスのを思い出すとずうんと腹が重たくなって、もう一度見たいような気がしてしまう。

(ぼく、おかしいのかな……いつもより、我慢、できない……)

ウルマスは、ここがむずがゆくなったりしないのだろうか。芯のほうが痺れたみたいで、こすりつけたくなって、触ると変な声が出そうになる。

誘惑に負けて先っぽのほうをいじると、とろりと透明なものが染み出してくる。ぬるぬるしたそれをまぶすようにしごき立てれば、あとはもう我慢できない。

「……っふ、……ぅ、」

触れたウルマスの肌を思い出す。なめらかで丈夫そうな皮膚。あたたかく立ち上る彼のにおい。深い色をした瞳と声。

「ん……っ、……ん、ふ……ぅっ」

速度を上げてこする手と突起が、ぬめる体液でちゅこちゅこと音をさせている。恥ずかしい音だ。たぶんこれはいけないことだとわかっているのに、ユキは小さく名前を呼んだ。

「ウルマス……っ」

腹から心臓にかけて、雷に打たれたみたいにびりりとして、背中を丸めた。ぽたぽたと白いものが噴き出してはしたたり、何度も快感が身体を駆け抜ける。

「……は、……ふ……」

ひくつきながら出しきってしまうと、夜の冷気が這い寄ってきた。原始的な快楽が過ぎたあとはひたすらに虚しい。ユキは耳も尻尾も垂らしてため息を呑み込んだ。

「ウルマスのこと大好きなのに、どうしてこうなっちゃうんだろう……」

恋するくらい大切なのに、その人の前で股間が膨らんでしまうなんて、我ながらいやだ。ウルマスも変わってしまったけれど、自分も変わってしまった気がする。

うんと小さな子供のころなら、そこにウルマスがいてくれたらそれでよかった。シリンの体調がいい日は三人揃って一階の台所でテーブルを囲み、あたたかいスープを飲みながら笑いあって、ほかになにもいらないほど幸福だった。

もっとくっつきたいだとか、来年は独り立ちしなければいけないとか、うずうずと落ち着かない熱を持てあましたりとか――不安になる要素はひとつもなくて、ただ幸せだったのに。

変わってしまうことが「大人になる」ということなら、ユキはずっと子供でいたかった。恋だって、しないですむなら、しないほうがよかった。

湯船からお湯を汲み、汚れた下半身を洗い流して、家の中に戻る。

ウルマスの姿はすでになかったが、ユキが寝巻の上にあたたかい上着をしっかり羽織ると二階から下りてきて、黙ってお茶を淹れはじめた。

「……シリンは？」

「上で本を読んでる」

ウルマスはお茶にジャムと少量の酒を入れてユキの前に置いた。

「身体、ちょっと冷えただろう。風邪ひかないようにな」

「……うん」

甘くて熱く、お酒のにおいのするお茶はたまにしか飲めない贅沢品だ。飲み込むと胃の中からぼうっとあたたまる。ウルマスは向かいに座ってお茶を飲むユキを見つめ、静かに口をひらいた。

「俺も、そろそろ話をしなきゃいけないと思ってた」

「ウルマスが、ぼくに？」

どきりとして、ユキはいやな予感に背中が粟立つのを感じた。ウルマスは真剣な眼差しを、じっとユキに注いでいる。きっと、「特別に仲のいい二人」になろうとするのはやめるように言われるのだ、とユキは身構えた。

けれど。

「さっき、おまえの陰茎が硬くなってたろ。今までにも何回かあるって言ったな。……白いのが出ただろ」

「……ど、どうしてそんなこと聞くの」

かあっと赤くなってウルマスを睨(にら)んだが、ウルマスは淡々と、真面目な表情を崩さなかった。

「出たか、って聞いてるんだ。出たよな」

「——出た、けど……」

やっぱりよくないことなのだろう、と身を縮めると、ウルマスがため息をついた。

「じゃあ、おまえももう大人だってことだ」

「……え？」

びっくりしてまともにウルマスを見つめてしまう。

「あれが、出ると大人なの……？」

「そうだ」

じゃああれは、べつに悪いことではなかったのだ。自分だけが変なのではないとわかってほっとして胸を撫で下ろし、ユキは笑みを浮かべかけた。

（大人になったって教えてくれるだけなら、こんなに改まることなかったのに）

そう言うより早く、やや苦しげな表情で、ウルマスが口をひらいた。

「ユキが大人になったから、約束はもう終わりだ。自由になっていい」

「……自由？」

急に話が飛躍したようで、言われた意味が全然呑み込めなかった。きょとんとしたユキに向かって、ウルマスが繰り返す。

「自由だから、俺のそばにいなくていいんだ。神様の国に帰ってくれていい」

「——なに言ってるかわかんないよ、ウルマス」

くしゃっと顔が歪んだ。

「どうしてそばにいなくていい、なんて言うの？　大人になるとだめなの？　独り立ちしなきゃいけないから？　ぼくはずっとウルマスと一緒がいいのに」

「おまえがそう思うのは、俺と約束したせいだ」

静かな調子で、ウルマスは辛抱強く言った。

「忘れたか？　ユキ、絶対にそばを離れない、俺を守るって約束してくれただろう」

「……いつ？」

したかもしれないけれど、覚えていない。思い出そうとすると胸の奥がむかむかとして、ユキは耳を斜めに尖らせて尻尾を抱えた。

「知らない。覚えてない」

「力を使いすぎて忘れたのかもな。それか、俺が忘れればいいって言ったからかもしれない。気に病むくらいなら全部忘れていいって言ったから」

ウルマスは悲しげに微笑した。

「ユキはいつもそうだ。優しくて、一途だから」

「……ウルマス」

なぜか、続きを聞きたいとは思えなかった。ウルマスは穏やかに、容赦なく続ける。

「でももう思い出してくれ。ユキは、神様の世界に帰るべきなんだ」

＊＊ウルマス＊＊

ユキを拾ってしばらくは、慣れない気苦労の連続だった。ユキもまた、シリンほどではないけれど、身体が弱かったのだ。

気温の差が激しい日があると翌日には熱を出したし、食が細くて村人たちも心配した。彼らが持ち寄ってくれる食材で、ウルマスなりに工夫もした。橡餅にユキの好きな蜂蜜をかけたり、貴重な野菜と肉とを細かく刻んで大麦の生地で包んで、油で揚げてみたり。

少しずつ食べてくれるようになっても、今度は人見知りが大変だった。

シリンとはすぐに打ち解けたし、ウルマスにはべったりというほどなついているのに、雪神様、雪神様と親切にしてくれる村の人たちがこわいのだ。散歩に連れ出すとウルマスの脚の後ろに隠れるようにして、不安そうに尻尾を握りしめて離さない。ひどいときにははむっと口にくわえてしまうのだが、それが愛らしいとみんなには人気だった。

「そろそろ慣れてもいいのにな」

春が訪れてしばらく経ち、ようやく雪が降らなくなってきても、ユキはなかなか村に慣れなかった。これでは家を長時間あけて、山へ狩りに出かけたり、放牧を手伝ったりすることができない。神様をお預かりしてるんだから、とみんなは許してくれるが、働かないのはウルマス自身がいやだった。

「仕方ないよ。だって、きっと神様の世界とここは全然ちがうでしょ」

擁護したのはシリンだ。死んでしまうのでは、と心配したあの熱は、村人たちが運よく見つけた冬きのこのおかげでいい薬が十分に買えて、すっかりよくなっていた。

この二か月ずっと調子のいいシリンは、ユキが弟のように思えるらしく、もらった焼き菓子をかじるユキの銀色の髪を優しく撫でた。

「ちがう世界に来たら、僕もこわくて不安だと思うもの。自分が誰なのかもわからないなら、よけいに心細くてあたりまえだよね。……ゆっくり慣れようね、ユキ」

丸みを帯びた三角の耳を撫でつけられて、ユキはくすぐったそうな顔をする。頰を赤らめて幸せそうな表情は、シリンと同じ年ごろのはずなのに、もっとずっと幼く見えた。

(きっとこわい思いをしたんだろうな)

ユキはいわば迷子だ。もしかしたら春になれば、雪神様がユキを探しにやってくるのでは、と思っていたのだが、それらしい姿を見たという人は誰もいなかった。

ユキと一緒に暮らすのは苦痛ではないし、可愛い姿や無垢(むく)な笑顔を見ればウルマスも幸せな気持ちになれる。なにより、伏せってばかりだったシリンが一緒に散歩をしてお兄ちゃんぶるほど元気になったのは、ユキのおかげではないか、という気持ちがあった。

雪神が司るのは天候だから、冬きのこが多めに見つかったのは幸運な偶然なはずだがい報いたいし、大切にもしたい。

——幸運な偶然があったこと自体がウルマスにはご利益のように思える。だから精いっぱい報いたいし、大切にもしたい。

その一方で、神様は本来神様の世界にいるべきだ、とも思う。村長も僧侶もそう言うから、このまま何年も、何十年も一緒に住むのはよくないのだろう。迎えが向こうから来ないなら、ユキを連れてできるだけ高い山に登って、あちらとつながるという門にユキがたどり着けないか試してみたほうがきっといい。そうしていれば、ユキの記憶だって戻るかもしれないのだ。

しかし、山に登るにしても、ユキにはまだ体力がなかった。常にウルマスにくっついていないで、少しでも活発になれば、身体も丈夫になるかもしれない。

そう期待して、ウルマスはユキとシリンをつれて、近場の山や森に出かけるようになった。遠出する仕事はできなくても、果実や山草を採ったり、染料に使う花を摘んだりすることはできる。甘い実や花をおやつに食べながら採集に出かけるのは、ユキもすぐ好きになった。

そうして、いつになく穏やかで変哲のない春と夏が過ぎて、季節は短い秋になった。

夏のあいだは寝込むこともなく、ユキは外でもよく笑うようになった。人見知りは相変わらずだが、人目があってもシリンといたずらしあって遊ぶことができるようになり、みんなと話せるようになるまであと少しだと、ウルマスは胸を撫で下ろしていた。

ユキという神様がいても、その年はとりたてて、恵みのようなものはなかった。不作ではないがなにもかも普通の出来で、街まで売りに行けるほど採れたものがない。老人たちは「普通で十分ありがたい」と言っていたけれど、ウルマスは冬が心配だった。

せめて木の実だけでも多めに採れるのを期待して、ウルマスはその日、いつものようにシリンとユキをともなって、森へ向かった。秋晴れが心地よく、しかし空気の冷たさに冬の足音が聞こえる日だった。

村を出て川を越え、小さな沢を伝って下りていくと、ごつごつした岩肌に灌木(かんぼく)や草がしがみつく景色から、背の高い木が目立つようになる。森だ。狼や熊が出る分危険だが、滋養のある山菜や木の実、果物など、食べられるものがたくさんある。

「ユキとシリンはサルナシと栗(くり)だ。栗はいがで傷つけないように、ちゃんと布を手に巻いて。気をつけるんだぞ」

それぞれ身体にあわせて編んだかごを持たせて、目の届く距離で手分けして探す。夏中同じようなことは何度もやったから、二人とも慣れた様子で楽しそうだった。

「サルナシはねえ、つるを探すんだよ。僕、兄さんにも、先生にも教えてもらったの。ほら、こういう葉っぱのついたつるだ」

苦もなくサルナシの株を見つけたシリンが、緑色の小さな実を採ってユキにかじらせる。

ユキは耳をぴんと立てて目を丸くした。

「あまいね！」

「おいしいよね。二人で、どっちがいっぱい採れるかきょうそうだよ」

笑い声をたてて、ユキたちは木立の中に走り込んでいく。

「あんまり離れるなよ。大きい岩に登るときは、下が崖かもしれないから気をつけろ」

声を投げ、ウルマスは近くの栗を拾った。今年最後の林檎を探すつもりだったが、二人があの調子では、果物に夢中で栗にまで意識が向かないだろう。

のどかな昼下がり。澄んだ空が冴え冴えと高く、振り返れば真っ白な山の峰が眩しい。人間が登ることができないほど高いあそこから、神様は今日も下界を見下ろしているだろうか。

（……なんで、ユキの親はユキを探しに来ないんだろう）

神様には親子の概念がないのだろうか。ウルマスはシリンが迷子になったら、きっと眠ることもできずに探しまわるのに、雪神様は探している様子もない。もしかしたら——神様も死ぬとすればだが、ユキもウルマスたちと同じく、親を亡くしたのかもしれない。神様の世界もラハサの村みたいに、みんなでユキを守ろうとしてくれればいいけれど。

（帰らないとだめなのかな）

栗のいがをむいてかごに入れ、ウルマスは小さなため息をついた。ここは村じゃない。弟たちも離れているから、ため息をついても誰に聞かれる心配もなかった。

誰にも打ち明けられない本音を言えば、ユキにはずっと家にいてほしかった。神と人とは本来まじわらない。神様と人はずっと一緒にはいられないのだ、と諭されればそのとおりだと思うし、ユキを探している雪神様がいるなら、きっと寂しいだろうから返したいとも思う。もしかしたら雪神様は、ユキが死んでしまったと思って諦めているのかもしれない。帰らぬ人を待つ気持ちも、諦める虚しさも身をもって知っているからこそ、ユキのことは神様のもとへ返してやりたかった。

でも——ユキを拾ってもうすぐ一年が経つ。ユキと仲よくなったシリンは見違えるように明るくなった。弟が元気になればウルマスも常に心配している必要がなく、自然と家には笑い声が響くようになっていた。

昼は一緒に簡単な仕事をし、夜はユキを腕に抱き込んで、落ち着いた気持ちで眠りに落ちる。小さな不安や考えるべきことはあるけれど、それでも、親を亡くしてから今が一番幸せだった。

ふかふかの尻尾と耳を持つユキは仕草もどこか猫のようだ。よく動く耳は可愛いし、眠くなったり不安だと尻尾をくわえてしまうところは愛おしい。なつかれ、毎日のように抱きしめていれば、情が湧かないはずがなかった。

だから最近、考えてしまうのだ。ユキが神様じゃなければいいのに、と。

それこそ神様の手違いで、可愛らしい耳と尻尾を持って生まれてきただけのただの人間だったら、ずっと一緒に暮らせる。

そうだったらいい、と祈るように思って唇を噛み、ウルマスはふと顔を上げた。

いつのまにか、二人の声が聞こえなくなっていた。甘いサルナシを探すのに夢中になって遠くまで行ってしまったらしい。慌てて耳をすませ、声を張り上げた。

「シリン！　ユキ！　どこにいる？」

たしかこっちのほうに行った、と見当をつけ、落ち葉を踏みしめて木立の奥へと向かう。何度か呼びかけると、ようやくシリンの声がした。

「兄さん、こっちだよ」

のんびりした声だ。離れないように言ったのに、と思いながら向かうと、ぽっかりと空き地になったところで、ユキが岩に登って木の上へと手を伸ばしていた。

「山葡萄（やまぶどう）がなってるの！」

興奮したようにシリンが言って、ウルマスは安堵と呆（あき）れが半分ずつで顔をしかめた。

「たしかにこのあたりじゃ珍しいけど、離れるなって言ったろ」

「でもおいしいでしょ。兄さんがよろこぶと思って。ね、ユキ」

「うん」

ユキは夢中だった。小さい手をいっぱいに伸ばしてどうにか葡萄のつるを掴み、手繰り寄せようとする。あそこなら危なくないか、と目を細め、見守ろうと力を抜いた、そのときだった。

ユキの乗った岩の向こうに、ぬっと大きな影が差した。そそり立つ真っ黒な毛の塊。小さい凶暴な目、額にはそこだけ白い星型がある。黒熊だ。

わかった瞬間、ウルマスは考えるより早く走っていた。

岩の上で竦んだユキを抱えるようにして飛び下りる。岩を回り込んだ熊が低い唸り声を上げて背後に迫ってくるのがわかり、ユキを木立のほうへ押しやる。

「シリンと走って、川を渡るんだ！」

早く、と急かしながら熊と対峙しようとした背中に、重たい衝撃が走った。なす術もなく地面に倒れ伏す。遅れて痺れるような強烈な痛みが襲い、目の前が暗くなった。それでもどうにか顔を上げ、呆然と立ち尽くすユキを見る。

「逃げろ。はやく……っ」

黒熊は人を食らう。出くわしたら武器を持っていないかぎりは逃げるしかない。自分は逃げきれないだろうが、熊がウルマスを食べているあいだに、ユキとシリンだけは川を越えて、村まで戻れるはずだった。

だがユキは動かなかった。逃げろ、ともう一度言ったウルマスは、地を這うような獣の唸りに、絶望的な気分で振り仰いだ。

仁王立ちした黒熊が、よだれをたらして口を開けている。汚れた牙が見え、もうだめだ、と諦めかけて、ウルマスは自分を叱咤した。二人が逃げるまではせめて抵抗しなければ。

立ち上がろうともがくと、ウルマスと黒熊のあいだにユキが飛び込んできた。

「ユキ！　なにしてるんだ――」

逃げろと言ったのに。

呆然とウルマスはユキの背中を見つめた。ユキは尻尾を大きく膨らませ、ぴんと耳を立てて、自分よりはるかに大きな黒熊を睨みつけている。いくら小さくても黒熊が見逃すはずもなく、食らいつこうと顎がさらに大きくひらいて、のしかかるように迫ってきた。

刹那、真っ白な光がユキの身体の内側から溢れ、ゆらりと銀の髪が舞った。

大きな熊に比べたら、文字どおり赤子ほどにしか見えない小さな身体は、しかし燃えるような光のせいで熊よりも巨大に感じられた。膨れ上がる気配は圧倒的で、熊は慌てたように前足をつき、すぐに木立の奥へと逃げていった。

ほんの数秒の出来事だった。

「大丈夫？」

ウルマスを振り向いたユキは、普段とはまったくちがう表情だった。一瞬大人と見間違うほど神々しい、凜とした顔でウルマスに駆け寄り、背中を覗き込むと青ざめた。

「ひどい……血が、たくさん出てる」

震えるその声で、やっと我に返る。助かったのだ。

「深くはないよ。歩ける」

背中は焼けるように痛んだが、ウルマスは笑ってみせた。衝撃でがくがくする膝を叱咤し、立ち上がろうとする。しかし力が入らず、がくりと膝が地面に落ちた。

ユキがほろりと涙をこぼした。

「ごめんなさい」

「——ユキ」

「ぼくのせいだ。ぼくがいなかったら、ウルマスは逃げられて、怪我(けが)をすることもなかったよね」

泣きながらユキはウルマスに抱きついた。強くしがみつき、身体を震わせるユキを、ウルマスは胸を熱くしながら抱きしめ返した。

「俺はユキが無事なら、それでいいよ」

息が浅いのが自分でもわかった。痛みと失血のせいだ。見えないが、思ったよりも傷が深いのだとわかって、気が遠くなりそうだった。シリンとユキの二人でも村までは戻れるだろうが、助けが来るまで、あの熊が戻ってこないとも限らない。投げ出すつもりだった命でも、一度安堵すると惜しかった。だって自分が死ねば、シリンとユキはどうするのだ。村人たちが総出で面倒を見てはくれるだろうけれど、ユキはまだみんながこわいのだ。

胸が熱い。まるで背中の傷が胸まで達したかのように、胴全体が燃えるようだった。まばゆい太陽の下にいるみたいに、目の奥まで眩しい感じもする……そう思ってから、ウルマスは目を見ひらいた。

ユキの身体が光っていた。黒熊を追い払ったときのように、内側から真っ白な光を放っていて、それがウルマスを包んでいる。強い熱は光のせいだった。光はどんどん輝きを増してユキの輪郭さえ曖昧になり、ウルマスは夢中で抱きしめた。

「ユキ！　ユキ、もういい、やめろ！　熊ならもういない！」

「ごめんなさい。ぼく、もうめいわく、かけないから、ゆるして」

「迷惑なんかじゃない、ユキ。ユキ……落ち着いてくれ」

小さな身体は火のようだった。熱いが痛みは感じない。自分に害はないのだが、ユキの身体から大切なものがどんどん失われていく気がして、ひどく不安だった。

「頼むから、もういい、やめていいんだ、ユキ！」

何度も呼びかけるとふいに光が消えた。

ユキは意識を失ってぐったりしており、すぐそばでシリンが呆然としていた。

「兄さん……背中」

「大丈夫だ、たいしたことない」

咄嗟（とっさ）にそう嘘をついて、ウルマスはユキを抱いて立ち上がった。傷が深いなどと言っていられない、ユキを連れて戻らねば、という一心だったのだが、不思議と身体は軽くなっていて、苦もなく立ち上がることができ、ウルマスは内心戸惑った。さっきまであんなに痛かったのが嘘のようだ。

近づいてきたシリンが、遠慮がちに腕に触れた。

「背中、熊の爪痕が……傷痕になってる」

「傷痕?」

「さっきまで血が出てて、裂けてたのに、ふさがってるんだ」

シリンは病弱な分、寝台の中でも退屈しないようにと本を与えていたせいか、同年代の子供よりも大人びている。そのシリンも、驚きのせいで怯(おび)えたような、不安な顔をしていた。

「きっとユキのおかげだよ、兄さん」

「ユキの――」

まさか、あの溢れる光で傷を治してくれたのだろうか。天候を司る雪の神にそんな力があるとは聞いたことがないが――神様だから、できたとしても不思議ではないのかもしれない。

気を失ってぐったりしたユキは、耳と尻尾があるだけの、いとけない子供にしか見えない。けれど、ユキは人ではないのだ。ウルマスがどんなに望んでも。

そうして心配したとおり、あの光は傷を癒す奇跡を起こすかわりに、ユキの体力を著しく消耗するにちがいなかった。顔色が、完全に血の気が失せて青ざめている。手足は冷えきって冷たかった。

「戻ろう、シリン」

ウルマスはもう痛みもない背中にかごを背負い、ユキを抱き直した。せっかく生き延びても、傷が治っても、ユキが具合を悪くしたり、最悪の場合死んでしまったりしたら元も子もない。なんのために俺が頑張っているんだ、と詰りたい気持ちで、村へと戻る坂道を上る。

半刻かけて家に着いても、ユキの身体はまだ冷たかった。

結局、ユキが意識を取り戻したのは夜中だった。疲れたシリンが眠ってしまい、ウルマスも眠気に負けてうとうととしかけたころ、ユキはか細く呼んだ。

「ウルマス」

「……ユキ！　よかった、大丈夫か？」

眠気も吹き飛んで、ウルマスはユキの顔を覗き込んだ。頬はまだ白いが、触れてみるとだいぶあたたかくなっている。緑色の目は悲しそうに潤んでいた。

「ごめんなさい……ウルマスこそ、だいじょうぶ？」

「俺は平気だ。ユキのおかげで、傷も治ったよ」

「ほんとう？」

「ああ、すごかったよ。ユキはやっぱり神様なんだな」

「——覚えてない……」

ユキはため息をついてまばたいた。すがるようにウルマスを見上げ、手を探って握りしめる。

「でも、もうウルマスには、めいわくかけないよ。ぜったいそばをはなれないで、ぜったいウルマスを守って、ぜったい……傷つけたり、しないから」

「そんなふうに自分を責めなくていいんだぞ」

「約束させて」

ウルマスは頭を撫でてなだめようとしたが、ユキは譲らなかった。

「そばにいて、守るって。もう勝手にはなれたりしないって」

「………わかった」

興奮させたくなくて、ウルマスは頷いた。

「約束だな。そばにいよう。俺も、ユキのことを守るよ」

微笑みかけると、ユキの眦(まなじり)からひとすじ、涙が伝った。

「ぼくはほんとうになにも覚えてないんだ。村のみんなが雪神様だって言うけど、ずっとこわかった。だって神様だなんて思えないもの。なにも知らなくて、記憶もなくて……なにもできないのに、神様だって言われて……不安だったの」

「――そうか」

「覚えてるのは、まっしろな世界にひとりぼっちだったことだけ。さびしくて、こわくて、泣いてたらウルマスが来てくれた」

泣き顔のまま微笑もうとして、ユキはウルマスの指を強く握った。

「ウルマスが来たら、まっしろなのが晴れて、まわりが見えたんだよ。たすけてもらったんだってすぐわかった。知らない場所だったけど、ウルマスだけはぼくに、神様だから、って言わないから、うれしかった。もし神様じゃなくても、ウルマスならゆるしてくれるって思ったから。……でもぼく、神様なの？」

「ユキ……」

すうっと音もなく流れ落ちる涙が痛々しかった。

「神様なのに、ウルマスに怪我させて、わるいこじゃない？」

「いい子だ、ユキは。ちゃんと俺を助けてくれたよ」

覆いかぶさるようにして、ウルマスはユキを抱きしめた。ユキは心細げなため息を漏らした。

「思い出せないんだ。ぼく、なにかした？」

神秘的な光を放って助けてくれたのだ、と説明してもよかったのだが、ウルマスは口ごもった。説明して、ユキが思い出したら、また同じことをしないだろうか。ウルマスが少しでも危険な目にあったとき、再び気絶するほど不思議な力を使うのは――できれば、させたくない。

「……じゃあ、全部忘れていいぞ」

頭を抱きしめ、何度も銀色の髪を梳いた。

「熊に襲われたことも、助けてくれたことも忘れればいい。迷子になって、俺と約束しただけだ。離れないって。それなら、はしゃぎすぎただけのことで、悪い子じゃないだろう？」

「――うん」

「寝て、起きたらきっと忘れてるよ。今日のことは、なかったことにしよう」

言いながら、自分のずるさに吐き気がしそうだった。傷ついて悲しむユキを思いやるふりをして、「忘れていい」だなんて欺瞞だ。ユキには不思議な力なんてなくていい。ご利益はもう望まないから、ただ。

「ずっと、一緒にいよう」

ただ、失いたくなかった。ウルマスだってユキとずっと一緒がいい。幼く愛らしいユキは、大人になっても可愛くて綺麗だろう。成人した自分とユキと、二人で絆の契りを結んで――生涯をともにする相手になれたら、きっと幸福だ。

「――そのときの約束が、ユキを縛っているんだ。そのせいでユキは、俺のそばにいたいと思ってるはずだ」

長い話を黙って聞いていたユキは、そこではっとしたように顔色を変えた。

甘やかな優しさを残したまま成長した美しい顔貌が、非難するような色をたたえている。

「ウルマスは、ぼくが一緒にいたいって思うのが、その約束のせいだって言うの？」

「ユキは神様で、俺は人間だからな。約束は契約になって、忘れていても行動に影響を及ぼすんだそうだ」

それを教えたのが誰なのかは、ウルマスは口にしなかった。

ユキは細かいことを気にする余裕がないのか、怒ったようにきゅっと眦を上げる。

「約束はしたかもしれないけど、それとぼくの気持ちは関係ない」

「関係あるんだよ、ユキ」

「ないったら！　だってぼくは、ウルマスが好きなんだもの」

勢いをつけて言いきってから、ユキは赤くなった。急に恥ずかしくなったらしく、視線を逸らしてもじもじと尻尾をいじる。

「す、好きっていうのは、シリンとかを好きなのとはちがうからね。特別に仲よくなりたいっていう……絆の契りを結ぶ相手になりたいっていう、好きだよ」

「ユキはそう思い込んでいるだけだ」

無理に素っ気なく言おうとしなくても、声は不機嫌になる。思いどおりにできない苛立ちが腹を焼き、傷ついた目の色をするユキを見るといっそう苦しくなった。

「好きなのは、思い込みじゃないよ」

「思い込みじゃなきゃ刷り込みだ。俺に恋してるって感じるのは、大人になって身体が変化したせいで、気のせいにすぎない」

こんなひどいことは言わずにすませたいのに、言わなければならないことが腹立たしい。突き放さなければ、強引にでもユキを捉えて、床の上に引き倒してしまいそうな自分が——恐ろしい。

いくらユキと自分を騙したところで、ユキが神様だという事実は変えられないのに、その神様に、自分は欲望を抱くのだ。

ほっそりした身体を抱き竦めたい。口づけて、髪を梳いて、裸にしてすみずみまで触れて。中を暴いて、貫いて、自分のものにしたい。

「好きだって言われるのは、迷惑?」

うつむいたユキが震える声で聞いた。ウルマスは答えられなかった。迷惑なんかじゃない、とは、言ってはいけないから。かわりに、極力淡々と告げる。

「ユキももう大人になったからな。大人になれば、神の国へ続く門を通れるらしい。——山のできるだけ上まで送っていくから、ユキは帰らないと」

「嘘つき！」

聞いたこともない鋭い声で叫んで、ユキはテーブルに手をついて立ち上がった。

「ずっと一緒だって、何回も言ってくれたのに！」

「説明しただろ、約束したからだって。でももう、ユキは大人だから、約束をおしまいにするべきなんだ」

「——ウルマスは、ぼくのことが好きじゃない？」

泣きそうに歪んだ顔から、ウルマスは視線を逸らさなかった。

「おまえのことは好きだよ。シリンのいい遊び相手になってくれて助かったし、本当の弟みたいに暮らしてこれて幸せだった。でも」

一度言葉を切って、ユキがびくりと震えるのを確認し、突き放すように告げる。

「俺はおまえと恋人になる気はないし、当然、絆の契りを結びたいとも思わない」

ユキの緑色の目にさっと傷ついた光がよぎり、けれど予想に反して、彼は泣かなかった。

「じゃあ、明日帰る。それでもいいの？」

「いや」

短い否定に、一瞬だけユキの顔が明るくなった。

「高い山の上まで行くんだ。朝早くに出発して、何日かかけて登るから、準備が必要だ。三日後がいい」

「……三日後」

明るくなった表情は泣き笑いのように歪んで、ユキは顔を隠すように背を向けた。そのまま階段を上がって二階に行くのを、ウルマスは見送らなかった。今夜は寝台で眠るつもりは、最初からない。

結局ユキがほとんど飲まなかったお茶をぐっと飲み込んで、ウルマスはさっきまで彼が座っていた椅子を見つめた。

ユキには話さなかったことがある。

昔語りの中の自分の思いはもちろんだが、ユキとの約束には続きがあるのだ。

忘れていい、とずるいことを言って抱きしめて、二人で手足をからませるようにして眠った翌日。小さな子供たちが先に寝て、ウルマスがひとりで破けた服をつくろっていたとき、そのひとはやってきた。

長い銀色の髪をした、ユキヒョウの耳と尻尾を持つ――見たこともないほど美しい神様は、風を感じてウルマスが顔を上げるともう、そこに立っていた。白く華やかな服。なめらかで光沢のある長い尾。高くはない天井を見上げ、ほっとしたようなため息をつく。

「よかった。あの子は、あなたが助けてくださったんですね」

声まで美しくて、ウルマスは針を手にしたまま動けずにいた。雪神はにっこりして首をかしげる。ユキによく似た仕草だった。

「私たち、ずっとあの子のことは気がかりだったんですよ。ほんのちょっと目を離した隙に、いなくなってしまったんです。どこを探しても気配がなくて、きっと世界と世界の狭間に落ちてしまったのだろうと諦めかけていました。それが、急にあんなに光るんだもの。……あの子はあなたを守ろうとしたことで、力を取り戻したんでしょうね」

「……知っているんですか？　昨日のこと」

見すかすような瞳は緑色で、なにもかも、ユキにそっくりだった。似ている、と思うと驚きが引いていき、かわりに不安と、寂しさが胸を刺した。

きっと迎えに来たのだ。昨日、ずっと一緒だと約束したばかりなのに。

雪神は半端に頷いた。

「誤解しないでくださいね。私たちも、常になにもかも見える、というわけではないの。今回は、あの子の発した光が強かったから、気がついて上からも見えただけです。傷はもう痛まない？」

「……はい」

「ああいう力の使い方も、普通はしないのですよ。理をねじまげるのは、どんな神でもできるかわりに、とても消耗してしまうから。ましてあの子はまだ幼い。無理をすれば、あの子自体が消えてしまうかもしれなかったのに——よほどあなたのことが気に入っているんでしょう」

しみじみとした口調からは、雪神がどう考えているか伝わってこない。ウルマスは顎を引き、睨むように神様を見上げた。

「人間を気に入るなんて、いけないことだとでも?」

「そういうわけじゃない。ただ、あなたも子供だな、と思っただけ」

むきになったウルマスがおかしかったのか、くすっと笑った雪神は、勝手に向かいの椅子に座った。

「子供同士だからこそ、忘れていた力をつい発揮してしまうくらい、強く惹かれるんでしょうね。あなたがくれたユキという名前、あの子にはぴったりです。それこそ雪みたいに、私たちにも制御できない」

「……」

「生まれたときから、少し変わっていたんですよ。私たち雪神にとっては、久しぶりの、待望の子供でした。いつも人間の世界を気にしていて、まだ小さいのに人間が好きなんだねとみんなで話していた。人間が驚くくらい数が増えた分、私たち神は居場所を追われて自然と少なくなったけど——この子なら、増えた人間のことも愛してあげられるんだろうと、微笑ましかった。仲間の中には、このまま雪神が滅びるんじゃなくてよかったと、泣いて喜ぶ者もいたんですよ」

雪神の声は少しも悲しそうではなく、むしろ朗らかだった。話される内容の重さに、ウルマスのほうが気後れしてしまう。

「神様も、減ったりするんですか？　人間のせいで？」

「それは減りますよ。増えることもある。私たちの世界と人間の世界は、少しずれているけれど、重なっている部分も多いんです。縄張りをわけあって暮らしている群れ同士と言えばわかりやすいでしょうか。だから行き来することもできるけれど、ずれている部分も、全然異なっている部分もあって、そこを飛び越さなきゃいけないんです。――神の子供は普通、世界を渡れない。飛び越すだけの知識や、力がないからです」

「……でも、ユキは」

「あの子は、間違って落っこちてしまったんです。落ちたのに、誰も入り込めない狭間のどこかではなくて、人間の世界にたどり着けたのは、本当に幸運な偶然です」

まるで見えているかのように雪神はまた天井を見上げ、目を細めた。

「あの子と、約束をしましたよね」

「――した、けど」

「ああ、そんなに警戒しなくてもいいんですよ。責めているわけじゃありません。むしろ、あなたのおかげで私たちはユキを見つけられたんだし、約束があればこれからユキが生き抜く力にもなるでしょうから、感謝しているほどです。できれば、あの子が大人になるまでは、約束をそのままにしておいてもらいたい」

「そのまま……？　もちろん、破る気はないけど」

意味がよくわからなくて、ウルマスは眉を寄せた。

「神と人の約束は、契約に近いのです。あなたたちが特別な相手と交わす、絆の契りのようなものですね。効力があって互いに影響を及ぼすから、あの子にはいい方向に作用すると思う」

雪神は手を伸ばして、ウルマスが自分のために淹れたお茶のカップに触れた。

「私たち神は人の世に降りてくると、お茶やお酒や、捧げ物をよくいただきますよね。とってもおいしくて私も好きだけれど、人の口にするものは、神をけがすんです」

「けが……す？」

「そう。神の力がね、弱まってしまうの。わかっていても私たちは人間のものを食べます。あなたたちもやるでしょう。身体によくないけれど煙草を吸ったり、毒だとわかっていて、気持ちよくなれるからと毒きのこを食べたりね」

私も毒きのこはちょっと好き、と雪神はくすくす笑う。

「そういうけがれは、あちらの世界に戻って神の食べ物で清めれば、すぐによくなる程度のものです。でも、ずーっとこちらにいたら、どんどんけがれが溜まって、弱ってしまうんだ。かといって、あの子はまだ神の世界には帰れません。けがれに負けないためには、あの子を神としてつなぎとめる、楔（くさび）があったほうがいい。それがあなたとの約束、というわけです」

わかりますか、と確認され、ウルマスは黙って頷いた。胸が衝撃でどきどきしていた。大人たちが何度も、神と人とは本来まじわらないと言っていたのは、このせいだったのだ。長くこの世にいれば、ユキが死んでしまうから。

もしかしたら、ユキが身体が弱いのも、「けがれ」のせいなのかもしれない。

雪神は青ざめたウルマスを満足そうに見つめる。

「では、あの子が大人になるまで約束は継続してもらえますね。神の世界に帰れるくらい成長したら、終わりにしてください。目安は……そうですね。子作りができるくらい肉体が大人になったら、です」

「こ……」

子作り、などという神様らしくもない言葉遣いにかっと赤くなると、雪神はわざわざ説明してくれた。

「わからないかな？　男なら、陰茎から、白い子種がぴゅって出るようになったらですよ」

「っ、そ、そんなこと知ってる！」

「おや、そうだった？　じゃああの子が大人になるのも、よく見ておいてくださいね。確認できたら、契約を終わりにしてください。なに、難しく考える必要はありませんよ。終わりにする、と二人で決定すれば、契約はなくなりますからね」

優しげな顔をして、雪神はなんでもないことのように言った。

「もちろん、約束はあなたのことも縛ります。あなたはあの子より先に大人になるけれど、約束を終わりにするまで、ほかの人間と結ばれることはできません。不自由だとは思いますが、そのかわり、この村には特別な恩恵があるように、ほかの神にも頼んでおきます」

そう言えば当然喜ぶ、と思っている口調だった。

ウルマスはひそかに唇の内側を噛んだ。ほかの人間とは結ばれないなんて、不自由のうちに入らない。いやなのは、「大人になったら約束は終わりにしろ」と言われることのほうだった。

しかし、いやだ、と言うことさえできないのだ。

「あの子がここにいるあいだは、村が狼や熊に襲われないようにしましょう。ひどい食糧不足になることも、地震に襲われることもありません。あなたの弟も、健康に成長できるでしょう。……このくらいでどうですか？」

にこにこと美しい顔で笑う雪神は、ウルマスの硬い表情を気にすることもなく言ってのける。

「ユキが成長しきるまで、あなたの人生を捧げさせる代償としては、十分だと思うのですが」

いいことだらけのように聞こえるけれど、ウルマスにとっては脅しに等しかった。村と弟を人質に取られ、ユキの生死がかかっていては、選択肢も逃げ道もない。

「それで、ユキが大人になったら？」

「なったら、あなたはもう自由ですよ。あの子を天に返して、それで終わりです。人が登れる限界の峠に境塔がありますから、そこまで連れてきてもらえればいい。もちろん、返してくれた暁にも、ちゃんと見返りは差し上げます」

私たちは人間が好きですから、と雪神は得意げに言った。喜ぶ気にも、ましてありがたがる気持ちにもなれず、ウルマスは相手を見つめた。

神様というのは、思っていた以上に自分勝手だ。ああしろこうしろ、これでいいだろうと決めつけて話を進めるだけで、ウルマスの意見なんて聞く気は最初からないのだから。

だが、自分だって身勝手な祈り方をした。この子を助けるから弟も助けてくれ、と願ったのだから——もとはといえば、これは自分が蒔いた種だった。

「わかりました。今までどおりに、ユキを大事に育てます。約束は大人になるまでそのまで……神様の世界に帰れるようになったら、もういいよ、と言えばいいんですよね」

「ええ。それで大丈夫です」

雪神は幸せそうに笑みを振り撒いた。

「でも、私ともひとつ約束をしてください」

「……あんたとも？」

「あの子はここで過ごさざるをえない。多少けがれてしまうのは致し方のないこと。でも、必要以上にけがさないほしいのです。……具体的には、人の欲望であの子の身体をけがさないこと」

微笑みを崩さない雪神の意図することが、ウルマスにはすぐに呑み込めなかった。精通という身体の変化は知っていても、子供を作る行為が、ときに「けがす」ことになるのだと、そのときは知らなかったのだ。誰にも恋をしたことがなく、欲望を覚えたこともなかったから。

「つまりね、あの子とは、誰も性交しないでほしい、ということです。村人はもちろん、あなたともだ。精はあまりにけがれが強いから、たった一度でもユキを損ねてしまう」

「っ……そんなことは、しません」

怒りと羞恥で、ウルマスは赤くなった。

「ユキは、弟みたいに大事なんです」

言いながら、言葉にならない悲しみを覚える。人間の世界の食べ物も、子供を作るための愛しあう行為も、神にとっては「けがれ」なのだ。

「じゃあ心配ないね。約束だよ」

花のように微笑み、雪神はウルマスが頷くのを確認して、嬉しげに両手をあわせた。

「ありがとう。あの子を助けたのがあなたのような、誠実で優しい少年だったのも、素晴らしい幸運でした」

そう言うと立ち上がって、優雅に一礼する。身を翻したかと思うと、そこにいるのはもう堂々としたユキヒョウだった。隙間なく身体を覆う銀色の毛並みを見せつけるように半回転し、長い尾を振ってみせる。

ひとりでにひらいたドアから悠々と外に歩み去り、ひゅう、と冷たい風があとを追いかけていくのを、ウルマスは身じろぎもせずに見ていた。

胸に穴があいたように、虚しい心地だった。

一生そばにいる、とユキが言ってくれたのは昨日の夜だ。幼い子供の言うことでも、ウルマスは嬉しかった。シリンはもちろん大切な家族だが、ユキは血のつながらない他人――神様だけれど――で、本来なら縁のない相手だから、そばにいたい、と望んでくれるのは特別なことだ。

たった半日しか経っていないのに、その甘やかな夢は終わってしまった。

ユキは大人になったら神の国へ帰る。

沈みそうな心を、ウルマスは必死に鼓舞した。

ユキが神様の世界に帰るのは正しいことだし、予定どおりだ。落ち込むことではなく、むしろ気をつけるべきことを雪神様に教えてもらえたのはよかった。必要以上にけがさず、無事にあちらへと帰したあとも、ユキならときどきは遊びに来てくれるだろう。

いつか村祭りに来てもらうためにも、早く人見知りを直してもらわないとな、と思って、ウルマスは自分を納得させた。

そのときは想像もしていなかった。

シリンと一緒に成長していくユキが、こんなにも美しくなること。かわした約束のせいか、べったりとくっついていたがるユキに、自分がよからぬ感情を抱いてしまうこと。欲情し、けがしてしまいそうになること。人と神の差がなくたって、自分のいだく暗い欲望が、決して美しいものではないのは明らかだった。

雪神との約束がなければ、どこかで暴走してしまったかもしれない。自制するのも苦痛で、だからウルマスは数年前から、ユキを避けるようになっていた。魔が差して組み敷いてしまわないためには、そうするしかなかった。約束を違(たが)えたら、ユキがどれほどけがれてしまうか、村やシリンにどんな災いがあるか、考えるだけで恐ろしかった。なにより、ユキが自分を慕うのは本当に恋をしているからではないと、ウルマスにはわかっていた。

ウルマスが「忘れろ」と言えば本当に忘れてしまうほど、ユキは従順にウルマスを信じている。神様だからか、綿でくるむように悪意や悲しみから遠ざけて育てたせいか、年よりも心はずっと幼い。忘れても約束の中身だけが根を張って、十八になろうというのに独り寝をいやがるほどなのだ。それを、恋と呼んではいけないとウルマスは思う。

眠れないほどの我慢も、あと少しで終わる。今となっては早く別れてしまいたかった。ユキがあちらに帰れば、なめらかなうなじから目が逸らせなくて奥歯を噛みしめる必要も、無邪気に抱きつかれて下腹が痛くなることもない。手放したくなくて叫びたい夜も、このまま閉じ込めてしまおうか、と暗い思いに惑わされることもなくなるのだ。

ユキを、傷つけないですむ。

そう思えば、寂しさよりも安堵が勝る気がした。

＊＊ユキ＊＊

はじめは気乗りせず、沈黙が重苦しいだけだった山の上への道のりは、途中から不思議な落ち着かなさをもたらした。

険しい峰がいくつも折り重なる景色は、見覚えがないはずなのになぜか懐かしい。

そんなはずはない、と思いながら、薄く透きとおってきた空を見上げると、先を歩くウルマスが呼んだ。

「ユキ。境塔が見えた。あそこの頂上だ」

「境塔？」

街や村の入り口に立つ、境目を示す塔だ。門の役割も兼ねていて、境に立つことから、中には生と死の神が祀られている。生まれるのも死ぬのも、この世とあの世の境を通る行為だからだ。だが、山の頂上に境塔が建っているなんて聞いたことがない。

ウルマスが指差した険しい山肌の先には、確かに小さな石積みの塔が見えた。色鮮やかな祈り旗が強風にちぎれそうに舞っている。十分ほどかけて這うように登りつめると、狭い山頂からは雄大な山々が見下ろせた。尾根は境塔の向こうにもまだ続き、さらに高い、雲に隠されて見えない山へとつながっていた。

境塔は小さいながらも、ちゃんと中が通れるようになっていた。ウルマスは少し手前で立ちどまり、ユキを促した。

「俺はここから先には行けないと思う。送れるのはここまでだ」

「……でも、ぼく、道なんてわからないよ」

三日ぶりに、ユキはまっすぐにウルマスと向かいあった。山で見る彼はいっそう精悍だ。分厚い黒い外套の下、結んだ帯が風になびき、長い上衣の裾は羽のようにぱたぱたと音をたてている。鷹を思わせる鋭く端整なその顔は、心を閉ざしたかのように無表情だった。

「大丈夫だ」

「大丈夫って言われたって」

本当にわからない。困って境塔の先に視線を向けて、ユキは目を瞠った。

向こう側から、ユキヒョウが歩いてくるところだった。素晴らしく大きな獣は優雅に境塔をくぐり抜けると、ゆったりと尾を振った。小さなつむじ風が起き、ユキヒョウの姿が溶けたかと思うと、人型へとかたちを変え、長い銀色の髪が舞う。

白い衣をまとった、見たこともない綺麗なひとだった。

「お久しぶりですね、ウルマス。そして、ユキも」

ふんわり微笑んだそのひとは、優しくユキの手を取った。視線はウルマスのほうを向いている。知りあいなのか、と驚いて振り返ると、ウルマスはなにかこらえるように眉根を寄せていた。

「約束は守った」

「ええ、もちろん、わかっています。本当にありがとう」

嬉しそうに弾んだ声は聞き覚えがないのに、どこか懐かしい。なぜ懐かしいのかも気にかかったが、それより棘のようにユキの心をひっかいたのは、かわされた言葉の中身だった。

(約束？　ぼくとウルマスがしたっていう、約束のこと？)

「来年は村に子供が多く生まれるように、生と死の神には頼んでおきます。山を下りて村に戻れば、あなたはもう自由だ」

ユキと同じ銀髪のひとは、うっとりと目を細めてユキを見つめてくる。

「ユキもだよ。やっと仲間のところに帰れるんだ。いい子だね……大人になるまで、ひとりでよく頑張ったね」

「……あなたは、雪神なの？」

緑色の瞳は鏡を見るかのようだった。ほがらかに笑って頷かれる。

「もちろん、きみと同じ雪神だよ。あちらに行けば、仲間はたくさんいる。みんな待っているよ。きみの口から直接、いろんな話を聞かせてもらえるのを楽しみにしているんだ」

「仲間……」

「きっと覚えていないだろうね。ユキがこちらに落ちてしまったのは、とても小さなときだったから。でも戻ればわかるよ、あちらが自分の生まれた場所なんだって。ユキは大事な仲間だ、みんな歓迎したくてうずうずしている。帰ったらお祭りだから、楽しみにしておいで」

ユキが喜ぶと微塵も疑っていない様子で彼はそう言い、晴れやかな表情でもう一度ウルマスを見やった。

「あなたも、どうか幸せになってね」

ずきりと胸が痛んで、ユキもウルマスを見た。ウルマスは複雑そうな目の色をしてユキを見ていた。雪神の声が、明るく二人のあいだに流れる。

「契約はおしまいだ。窮屈な思いをさせてしまったかもしれないけど、これからは恋もできるし、伴侶も作れるよ。ユキを守ってくれた分、あなたに素晴らしい、誰もがうらやむ絆の相手が見つかるように、私たちも祈ろう」

「――待って」

殴られたかと思うほどの衝撃で、声が掠れた。

「待って。今、なんて言ったの」

「え？　ウルマスに素晴らしい絆の相手ができるように祈ろう、って言ったけど」

不思議そうに雪神が振り返って、ユキは強く首を横に振った。

「ちがう。契約はもうおしまいで、恋もできる、って——伴侶も作れるって」

「それはもちろん、作れるよ。自由なんだもの」

怪訝そうな表情に打ちのめされそうだった。ユキにとっては信じられないことを言ったのに、どうして当たり前のことを聞くのだ、と言いたげな顔。

「……じゃあ、……じゃあ、今までは？」

「ユキを守っていてくれたでしょう。きみとずっと一緒だと約束をした。ユキは神様だから、約束は人間にとって契約に等しい。その状態では、ほかの人と絆の契りは結べないんだ」

「そんな——」

ぶるりと震えて、ユキはウルマスを見た。眉を寄せた、不機嫌を押し隠すような無表情の意味に、ようやく思いあたる。

約束はもう終わりでいい、と言ったとき、なんだか苦しそうだと思ったけれど、あれは。

長いあいだ、誰を愛することもできなかった苦しさのせいだったのだ。

(……リッサを、好きだったのかも。シリンが言ったみたいに、好きで、でも告白もできなかったんだ)

振られたわけではなくて、思いを告げることがウルマスには許されていなかった。

よそよそしくなった理由も、今ならよくわかる。もうとっくに大人なのに、好きだと思ってもなにもできないのが、ウルマスにしてみれば歯がゆかったのだろう。人一倍責任感が強く、仕事を怠(なま)けることもなく、誠実にまっすぐに生きているウルマスなら、思いを伝えれば叶(かな)わないはずがない。

にもかかわらず、ユキがいるせいで、ウルマスは誰とも特別な関係になれなかった。

疎ましく思う日があるのも、一緒に寝たくないのもあたりまえだ。

「――ごめんなさい」

なにも気づかず、のんきに好きだと言っていた自分が恥ずかしかった。

「ぼく……なにも、知らなくて、ごめんなさい」

「いいんだ。ユキのせいじゃない。――でも」

なにか言いかけ、ウルマスは拳を握りしめると視線を逸らした。振りきるように踵(きびす)を返す。

「元気で」

最後の挨拶にしてはあっけない一言を残して、急ぎ足で急な坂を下りていく。尖った岩に隠されて背中はすぐに見えなくなり、ユキは俯(うつむ)いた。

ウルマスは一度も振り返らなかった。

あまりにも味気なく唐突な別れが、そのままウルマスの心を表しているようだった。

（ぼくは、ウルマスにとってお荷物だったんだ……）

ウルマスは二十五歳だ。成人前は誰とも契りを結べないからいいとしても、少なくとも七年近く、ユキはウルマスを縛りつけていたことになる。そばにいる、と約束を——契約を、ユキがせがんだばかりに。

世界で一番大好きな人が、自分を大事に思っていなかったという事実が、ずっしりとのしかかってくる。追いかけていって謝りたいけれど、ウルマスが喜ばないのはわかりきっていて、それがよけいに悲しい。

「いい子だねえ、ユキは。なにも悪くないのに謝ってあげるなんて」

すぐに去っていったウルマスとは対照的に、いつまでも動けないユキの肩を、雪神が抱いた。いい子なんかじゃない、とユキは俯いたまま唇を噛む。

「ぼくは、なにも知らなかったから」

「小さいうちに人間の世界に落ちて育ったんだから、神としてのいろんなことを知らなくてもいいんだよ。気にすることはないんだ」

雪神は、なぜユキが落ち込んでいるのか、ちっともわかっていないようだった。うきうきした声で明るく促してくる。

「さ、行こう」

とぼとぼと雪神についていきながら、乾いてひび割れた気がする目をまばたく。約束は終わりにしよう、とウルマスに言われて拗ねていた三日前の自分が、ひどく遠かった。わがままを言えばウルマスがため息をついて、それでも結局許してくれると信じていた。

なんて、傲慢だったんだろう。

案内された神の国は夢のように美しかった。なだらかな緑の草地に、大きな木がところどころ立っていて、それが遠くまで続く。はるか彼方には青く霞む高い山々があり、人間の世界と同じく、山頂は雪で彩られていた。

広大な建物は草原を見下ろす山の中にあり、真っ白な石でできていて、木の幹に蔦がからみついたような彫刻がほどこされている。小さな滝が心地よい水音をたて、日差しが虹色にきらめく。ほんのり寒い程度のユキの好きな気温で、川を見下ろすテラスでは長椅子に寝そべってくつろぐこともできた。

青や緑の蝶の羽を持った人たちがそこかしこで楽器をかかえ、やわらかな音楽を奏でている。草原や山にはうさぎや鹿、ユキヒョウ、狼、熊もいたけれど、穏やかで争うことはない。

ひととおり見てまわると、ここは別世界なのだ、と実感せずにはいられなかった。

人の世界によく似ていても、なにからなにまでちがう。

なめらかな絹の敷布をかけた長椅子から、明るく美しい草原を眺めて、ユキはため息をついた。なにも覚えていないのに、ここの空気はこわいほどユキの肌になじむ。手足は軽く、不自由さも不安も感じない。服は清潔で、重たいものを運ぶ必要もなく、行きたいと思ったところには風のように飛んでいける。動物たちはよくなついていて、中でもユキヒョウと戯れると癒された。

癒されるのに、ユキの心はふさいだままだった。とても綺麗な世界だと思うのに、懐かしさもあるのに——心の真ん中が、虚(うつ)ろに閉ざしている。

「ユキ」

テラスの手すりの向こうから、雪神のひとりが顔を出した。迎えに来てくれたひとだ。シュエと呼んで、と彼は言った。

「私たち神は個別の名前がないんだけど、今は名前を持つのが流行しているんだよ。ユキが人間にもらった名前が素敵だから、みんなでつけっこしたんだ」

そう言ってシュエが紹介してくれた雪神たちは、みんな優しくて朗らかだった。ネーヴェにハウ、シュレグ、ヒウン。待っていたよ、おかえり、とあたたかく抱きしめてくれ、髪を撫で、甘いお菓子でもてなしてくれた。

今日ももてなしてくれるつもりなのだろう、シュエはユキの手を取ると優しく引く。

「どこにも出かけなかったら退屈でしょう。もっと自由に散歩してきたらいいのに」

「……うん」

「気になるなら、人間の世界を覗いてきてもいいんだよ。もう大人なんだから、方法さえわかれば失敗はしないよ」

シュエに連れられて、ユキは舞うようにテラスから川の近くに用意されたテーブルまで降りる。長い尻尾でバランスを取って降り立って、ぼんやりと自分の手を見つめた。シュエがお茶を淹れながら笑う。

「まだ慣れない？　私たちのこの姿はいわばかりそめのものだから、その気になれば光だけにもなれるって説明したでしょう。慣れたらもっと早く、いろんなところに遊びに行けるようになるよ」

「でも、みんなこの姿ですよね」

「だって人の姿のほうが楽しいでしょう。さ、座って」

促されてユキは椅子に座った。大きなテーブルには葉っぱのかたちをした大きな皿が置かれていて、中は水で満たされている。真っ白で華奢なカップに入っているお茶は、今日は綺麗な桃色だった。

「たくさん飲んでね。人の世界は楽しいけれど、けがれも溜まってしまうから、綺麗にしないと」

「けがれ？」

「人間と私たちは、それだけちがう存在だということだよ。あちらの世界にいると、あちらのものを食べたり、空気を吸ったりするでしょう。食べ物やお酒はとってもおいしいけれど、私たちにはいいものではないんだ。ちょっと遊びに行って摘まむ程度ならすぐに清められるけど……ずーっとあちらにいるとね、だんだん、人間に近づいてしまうんだよ」

知らなかった。

「――じゃあ、ずっといたら、いつかは人間になるんですか？」

「どうかな。試したことのある神はいないと思うけど……神としての力は失うだろうね。だから本当は、ユキをあちらに置いたままにするのはいやだったんだ。大人になるまでの時間なら、神でなくなるってことはないけれど、いっぱいけがれてしまうだろうと思っていたからね。でも、大人にならないと世界は渡れないし……みんな、本当に心配したんだよ」

隣に座ったシュエは愛おしそうにユキの背中を撫でた。

「きみはとても強い子だ。ネーヴェが、思っていたよりけがれていないって喜んでた。だから安心して、ゆっくり清めようね」

ユキはほのかに甘い香りを放つお茶を口に含んだ。シュエの言うとおり、こちらの食べ物はお茶にかぎらず、口にするとすうっと身体の中が明るくなるような、不思議な心地がする。

清められているのだろう、とは思うけれど、そうやってあちらの痕跡を消していくのは、その分ウルマスから遠ざかるようで寂しい。

ほろっ、と意識しないまま涙がこぼれ、お茶に波紋が広がった。

ウルマスに「元気で」と言われたときはひりついたように涙が出なかったのに、日を追うごとに喪失感が強まって、泣かずにはいられなかった。ここは美しい。美しいけれど、ウルマスはいない。

なめらかな絹より古びてなじんだ木綿の敷布が恋しい。重たい薪を運んでかまどであたたまるときの、燃えるにおいを嗅ぎたい。あちこち傷だらけになって、手を葉の汁や土で汚しながら集めたばらの実や栗を味わいたい。

頑張ったな、と褒めてくれるウルマスの、優しい笑顔が見たかった。

「泣くほど寂しいんだね」

シュエが困ったように眉を下げた。

「下の世界まで行くのが億劫（おっくう）なら、水鏡だけでも見る？　このお皿を覗くと、人間の世界が見られるよ」

示されたのはテーブルの上の大きな葉っぱ型の皿だった。どきりとして目を向けると、水の中が銀色にさざめいているのが見えた。魚が泳いでいるかのような――否、雪だ。雪が降りしきる村が、水の底に沈んでいる。

「っ……見たくないです」

咄嗟に目を背けたけれど、真冬のような吹雪が目に焼きついた。思わず尻尾を抱きしめたユキの横で、シュエがしょんぼりして肩を落とした。

「ごめんね、見たくなかった？　あちらはもう冬だから、見たいかな、と思ったんだ」

「……まだ秋でしょう？」

ユキは驚いてまばたいた。シュエもつられたように驚いた顔をしてから、「ああ」と笑った。

「人の世界とこちらとでは、少し時間の流れ方がちがうんだよ。そうだねえ、あちらの時間だと、もうひと月半は過ぎたかな」

「ひと月半……」

そんなに経つのか、と呆然として皿の水面に目を向けそうになり、ユキは俯いて尻尾を握った。やめなくては、と思っていた尻尾をかかえたりくわえたりする癖は、もう直す気力もなかった。

ウルマスは気にしなくてもいいと言ってくれたっけ、と考えて、ユキはふかふかのうさぎのぬいぐるみを思い出した。

尻尾のかわりに握ったらいい、とお土産に買ってきてくれたぬいぐるみだ。赤いリボンが結ばれた、口元がウルマスに似ているうさぎ。両手で握るのにちょうどいい大きさのぬいぐるみは、もらって嬉しかったのに、家に置いてきてしまった。せっかくウルマスがくれた、最後の贈り物だったのに。

（……ウルマス）

恋しくて、ぽたりとまた涙が落ちた。悲しい。寂しい。

なによりせつないのは、これほどユキがウルマスと過ごした日々を惜しんでいても、ウルマスのほうはせいせいしているだろう、とわかるからだ。

「ああ、そんなに泣かないで、ユキ」

シュエがぎゅっと抱きしめてくれる。銀の髪とユキヒョウの耳を撫でたシュエは、慰めるようにこめかみに唇を押し当てた。

「いい子だねえ。別れがそんなにつらいくらい、あちらでの生活が幸せだったんだね」

「――」

「とても悲しいと思うけど、私は嬉しいよ。それだけ、あの人間がユキを大切にしてくれたということだもの」

「……っ」

そのとおりだ、と思えて、また涙が溢れた。ウルマスは優しかった。ユキが愛されていると――弟のように大切にされていると勘違いするくらい、丁寧に育ててくれた。自分の時間を犠牲にして。

「あの人間は、自分の生まれた村と弟を、とても愛しているんだね」

シュエはしみじみと呟く。

「ユキを守り育てる対価として、いろんな神様に村や弟の加護をお願いしたんだけど……ユキがこんなに慕うくらい大切にしてくれたなら、私たちとしても、ご利益をさずけた甲斐があるというものだ。ウルマスは今ごろ、とても幸せなんじゃないかな」

「え？」

シュエの言葉にそこはかとない違和感を覚えて、いやな感じに喉が焼けた。

ご利益とはなんだろう。そんな話は聞いていない。——でも、そういえば、シュエは山の上の境塔まで迎えに来たとき、ウルマスに言っていた。来年は村に子供が多く生まれるように、生と死の神には頼んでおきます、と。

シュエは屈託なく微笑んだ。

「満足しているはずだよ。ユキを守り育てた代償としては、十分以上のものを私たちは返したからね。ユキはごめんなさいって謝ってたけど、ウルマスも納得してきみを育てていたんだから、いつまでもそんなふうに気に病むことはないんだよ」

よかれと思ってなのだろう、そう言うとシュエはユキを抱きしめて頰ずりした。

「もちろん、私たちもいくらか代償を払わなければいけなかったけど。山の神ってがめついんだもの。でもきみがこんなに美しく育ってくれたんだから、全然いいよ」

山の神の性格なんて、ユキにはどうでもよかった。

「ウルマスは、ぼくとだけじゃなくて、シュエとも契約をしていたってこと？」

「うん、そうだよ」

「……ぼくと約束したから、ウルマスはほかの人と絆の契りは結べないって言いましたよね。なのに、シュエとも約束ができたの？」

「内容がちがうでしょう。ユキがウルマスとしたのは一緒にいるっていう約束だから、同じような絆の契りは結べないけど、私が彼にお願いしたのは、ユキが大人になるまで守ってほしい、ということだよ」

優しい手つきでシュエはユキの髪を撫でてくれる。

「それくらい、ユキは私たちにとっても久しぶりの、大事な子供だからね。神は人間みたいに、自分の身体を使って子供を産むわけじゃない。もちろん、身体で産むこともできるけど、大変でしょう？　だから普通は私たちの精を集めて、特別な湖に入れてね、生まれますように、って祈るんだ」

「……神様なのに、祈るの？」

「生まれたり死んだりは、私たちの管轄じゃないもの。頼むことはできるけど、聞き届けてもらえるかどうかは生と死の神が決めるんだ。自分たちでは決められないからこそ、子供は特別な贈り物なんだよ。全員が兄弟でもあり、親子でもある。きみが生まれたときは、嬉しくてみんなで何日も何日も踊ったくらい。いなくなったときは悲しんだし、見つかったときの幸せだって、言葉では言い表せないほどだったんだ。できるならすぐにでもこちらに連れて帰って、大事に育てたかった。でも、大人にならなければ世界は渡れないから、ウルマスに守ってもらうしかなかったの。それで私も、ウルマスと契約したんだ」

「――契約……」

胸の奥がじわじわと痛くなってくる。もう聞きたくない、と思う一方で確かめずにはいられなくて、ユキはシュエの明るい瞳を見つめた。

「ウルマスはシュエと契約して、ご利益を受けたってこと？」

「それはそうだよ、神と人間だもの。なにかしてもらうのになにもあげないだなんて、私たちはしない。おかげで村は平穏だったたし、あの弟だって、見違えるほど健康になったでしょう」

ユキがなぜ震えているか、シュエにはわからないようだった。

「ユキはもしかして、ご利益が足りなかったって思ってるの？　きみとウルマスが契約した分も、たっぷりほどこしたつもりだったんだけど」

不思議そうに首をかしげられて、ユキは尻尾をくわえた。そうしないと声を上げて泣いてしまいそうだった。

「ああユキ、そんな顔をしないで。ウルマスになにか望みがあるなら、今からでも、できるだけ叶えてあげてもいいよ。ちょっと大変だけど、みんなで頑張れば不可能じゃないと思う。ユキがなにかしてあげたいって思ってるなら、手助けするよ」

「……ちがうんです」

自分がウルマスにとってお荷物で、好かれなくて当たり前だと落ち込んだのに——現実はもっと残酷だった。

ウルマスがユキに優しかったのは、好意でも厚意でもなかったのだ。

弟や村にご利益があるから。自分の時間を犠牲にするかわり、村が飢えることもなく、シリンも健康になるからだ。

(大事だったのは、ぼくじゃなかったんだ)

自分が黒い染みになっていくような気持ちがした。明るく美しい、清涼な世界にいるのに、ひとりだけ闇の中に沈んでいくような。

涙が一粒落ち、あとからあとから溢れて雫になった。シュエが弱りきった声を出す。

「ユキ、どうして泣くの。寂しいのはわかるけど、そんなに泣かないで。会いたいなら会いに行ったっていいんだよ」

「行きません」

行けるわけがない。歓迎されないとわかっていて、のこのこ行くほど図々しくはなれなかった。二度と、ウルマスには会えない。

(――うさぎ、どうして持ってこなかったんだろう)

持っていたらよけいに悲しかったかもしれないけれど、どんな理由にせよ買ってくれたあのぬいぐるみがあれば、握りしめることができた。でもここには、なにもないのだ。

甘いほどの優しさも、ユキのためのものではなかった。舌の火傷ひとつであんなに心配してくれたのも、過保護だとからかわれるほど気にしてくれていたのも――ユキが大事だったからじゃない。

思い出すら愛しく抱きしめられず、ユキにできるのは虚しく泣くことだけだ。

「少し、ひとりにしてください」

涙で掠れた声で、ユキは頼んだ。

「しばらく……ひとりで、泣かせて」

「――わかった。でも、悲しみすぎないようにね。泣きすぎるのは、私たち神にはあまりよくないことだから」

シュエはため息をついて立ち上がり、そっと去っていった。かすかに流れていた音楽もやみ、蝶の羽を持つ妖精たちも静かにいなくなる。ひとりになって、ユキはテーブルにつっぷした。

大好きな、大好きなウルマス。

きっと、よかった、と安堵するべきなのだ。

家族のように愛されていたわけではなかったかわり、ユキは迷惑をかけただけでもなかった。ウルマスはちゃんと得るものがあって——彼が幸せになれるなら、ユキだって嬉しい。

無駄に縛りつけていたより、シリンや村の利益のための道具だったほうがずっとましだ。よかった。

(よかったんだ。ウルマスにいいことがあって、よかった)

繰り返しそう思うのに、涙はどうしてもとまらなかった。

ウルマス、と心の中で呼ぶだけで、痺れるほど熱い涙が溢れてくる。

父のように兄のように、恋人のように愛していた。誰より近しく、誰より大切な人だった。十三年にわたる長いあいだ、ウルマスより大事なものがユキにはなかった。

そのウルマスが、実際にはとても遠い存在だったのだと思い知って、胸が張り裂けそうだった。

来る日も来る日も、涙は流れた。

神の世界でも雪は降り、静かなその数日が過ぎると、小さく可憐(かれん)な花々が咲いた。優しい霧が草原を撫で、虹が光り、赤や青の鳥が囀って、ユキは涙をこぼしながら毎日、テラスで半分寝そべったまま過ごした。綺麗だ、と思う気持ちはあるのに、胸の奥はえぐれたように穴があいていて、美しさで心を慰めることができない。決して埋まらないその穴を感じるたびに、なくしてしまったものの大きさに呆然としてしまう。

シュエたちはかわるがわるやってきては、遊びやお茶で慰めようとしてくれたけれど、ユキはどんな誘いにも乗れなかった。ときには抱きしめて「いい子ね」とあやしてくれる声は染みるほどあたたかく、それでもどうしても泣きやめなかった。

人間の世界は、今はどんな季節なのだろう。ウルマスはもう、誰かと契りを結んだだろうか。

ぼうっと見つめる先で二羽の鳥が戯れている。それを追うように白いうさぎがぴょんと跳ねて、目をこらすと親らしき大きめのうさぎと、子うさぎが二羽いるのがわかった。春なのかな、とユキはぼんやり思う。一週間か、二週間か……シュエとお茶を飲みながら話した日から経った時間は曖昧だけれど、そんなに長くはないはずだ。それでも見える野原は春の眺めで、季節だけは人間の世界と同じなのかもしれなかった。

春も好きだった。思い出したように降る雪の冷たさも、その下から顔を出す山菜の苦味も、凍っていた川が流れ出し、魚が銀色に跳ねるのも。やがて黄色い春告草が咲くと、岩場にもいっせいに花が広がる。山うさぎが巣穴から白い顔を覗かせて、ユキは可愛いとはしゃいだものだ。撫でてみたいと言ってウルマスを困らせて――だから土産に買ってきてくれたのがうさぎのぬいぐるみだったのだと、ようやく気がついた。

ふかふかした手触りを思い出したらひどく苦しくなって、ユキは尻尾を抱きしめて先のほうを口にくわえた。

(会いたいよ、ウルマス……)

ウルマスにとってのユキはご利益を受けるための道具にすぎなかったけれど、それでも彼は優しかった。誠実な性格だから優しくしてくれたのだろうが、おかげで毎日幸せだったことを思えば、恋しさは募るばかりだった。

もう一度だけ抱き寄せてほしい。名前を呼んで髪を梳いて――触れるのが無理なら、瞳を見るだけでいい。

真っ白な世界でユキを見つけ出し、助けてくれた、星を宿した夜の瞳。

会いたい。

痛いほど尻尾を噛みしめると、「ユキ」と声がした。シュエだ。

大きな柱の向こうから近づいてきたシュエは、長椅子に横になったユキの頭のほうに座ると、涙の乾かない頬に触れた。

「今日もまだ泣いてるんだね」

「……」

「自分がどんな目をしてるか、ユキはわかる？」

シュエは悲しそうだった。泣きはらしたユキの顔がそれほどひどいのだろう。

「目なんて、どうでもいいです。ただ悲しくて、泣きたくなくても泣いてしまうんだ」

言うそばからすうっと涙が流れていく。ユキは目を閉じて顔を覆った。

「ウルマスに会いたいけど、会えないって思うと苦しいんです」

「どうして会えないの？　ひとりで行くのが不安なら、私が一緒に行ってあげてもいいよ」

「ちがう」

否定して、ユキはようやく気がついた。シュエはいまだに全然理解できていないのだ。ユキがどれだけウルマスを好きだったか。仲のいい友達のような「好き」ではなくて、恋をしていたのだと知らないから、会いに行けばいい、なんて簡単に言える。

「ぼくは、ウルマスが好きだった」

押さえた手のひらの下で溢れた涙が肌を焼いた。

「家族としてじゃなくて……ううん、家族としても好きだったけど。特別な絆で結ばれたいって思ってたんです。ウルマスには、誰とも結ばれてほしくなかった。誓いをかわして、生涯をともにするのはぼくがいいって思っていたから。わかりますか？　――恋を、してたんです」

「……ユキ――」

うめくようなシュエの声に、手をどけて彼を見る。シュエは半ば、諦めたような顔をしていた。

「恋だなんて、本気なの？」

問いかけ、せつなげに首を振る。

「聞くまでもないよね。そんなに泣いて、泣いて、泣きやめないほどなんだもの。――そうじゃなければいい、と思っていたのに、ユキはあの人間を愛してしまったんだね」

「……いけないことですか？」

「いけないわけじゃないけど。でも、きみはようやく身体が大人になったばかりだもの。あの人間しか頼れなかったから、特別に贔屓にしたい気持ちになってもおかしくない。こちらに来て私たちと過ごせば、ときどき会えれば十分な存在になるだろうって思っていたんだ。私たちはみんな人間が好きだけれど、人間みたいに恋というものはしないから。……ユキはまるで、心も人間のようだよね」

ひそやかなため息をついて、シュエはユキの耳に触れた。短い銀色の毛並みを撫で、そのまま髪を梳く。

「こんなに美しい神なのに、あちらで育ってしまったせいなのかな。……どうしても忘れることはできない？　毎日毎日、やつれて弱ってしまうくらい泣いても、まだ私たちより

POSTCARD

1 0 1 - 8 4 0 5

東京都千代田区
神田三崎町2-18-11

二見書房
シャレード文庫愛読者 係

通販ご希望の方は、書籍リストをお送りしますのでお手数をおかけしてしまい恐縮ではございますが、**03-3515-2311までお電話くださいませ。**

<ご住所> □□□-□□□□

<お名前> 様

＊誤送を防止するためアパート・マンション名は詳しくご記入ください。
＊これより下は発送の際には使用しません。

TEL		職業／学年
年齢　　　代	お買い上げ書店	

Charade愛読者アンケート

この本を何でお知りになりましたか？

1. 店頭　2. WEB（　　　　）　3. その他（　　　　）

この本をお買い上げになった理由を教えてください（複数回答可）。

1. 作家が好きだから（小説家・イラストレーター・漫画家）
2. カバーが気に入ったから　3. 内容紹介を見て
4. その他（　　　　）

読みたいジャンルやカップリングはありますか？

最近読んで面白かったBL作品と作家名、その理由を教えてください（他社作品可）。

お読みいただいたご感想、またはご意見、ご要望をお聞かせください。

作品タイトル：

ご協力ありがとうございました。

お送りいただいたご感想がメルマガに掲載となった場合、オリジナルグッズをプレゼントいたします。

も、あの人間が好き？」

寂しい声を聞くと、ちくりと申し訳なさが胸を刺した。

シュエがユキを大切にしてくれているのはわかっている。ほかの雪神たちも、ユキが拒むから話しかけてこなくなったが、いつもそっと見守ってくれているのは知っていた。シュエの言うとおり、きっと自分は待望の子供で、愛されているのだろう。

でも。

「ぼくは、きっと悪い子なんです」

いい子ね、とあやしてくれる声は記憶の奥底にも眠っている。泣いているあいだも何度も囁かれて、案じてくれる雪神たちの優しさは痛いほど感じたけれど。

「全然、いい子じゃないんだ。シュエたちに大事にしてもらっても、ウルマスにとってのぼくがただのお荷物だったたってわかっても……ウルマスを忘れられない」

ユキは喘ぐように息をついて、痛む胸を押さえた。

「ここに、大きな穴があいてしまったみたい。えぐれたみたいに痛くて、穴があいてるって思うと悲しくて、会えないのに会いたいって思ってしまうんです。——せめて、ぬいぐるみを持ってくればよかった」

涙が目尻から流れて、嗚咽を呑み込む。シュエは優しく目元を拭ってくれた。

「ぬいぐるみ？」

「うさぎのぬいぐるみです。ウルマスが街から買ってきてくれたのに、山の上まで送っていくって言われたときも、本当にあの家を離れるなんてどこかで信じてなくて……寝台に置いてきちゃったから」

そう、とシュエは少し考え込み、それから励ますように微笑んだ。

「じゃあ、そのぬいぐるみだけでも持ってきたら？　会いたくないなら、ウルマスのいない時間を見計らって、取ってくればいい。簡単だよ。ユキのその心の穴だって、早く治るかもしれないし」

うん、それがいい、とシュエは自分で頷いたけれど、ユキはすぐには頷けなかった。うさぎのぬいぐるみを持ってきても、ウルマスを失った悲しみが癒えるとは思えない。なにもないよりはずっといいけれど。

「……でも、行ってももう、捨てられてしまっているかも」

「買ってきてくれたなら、そのぬいぐるみはユキのものでしょう。仮にも神様のものを勝手に捨てるような人間なら、さっさと忘れたほうがいいもの、あるかないか確かめるためにも、行ってみたほうがいいんじゃないかな」

シュエはにっこりして首をかしげた。

「ユキが行きたくないなら、私が行って取ってきてあげよう」

「……いえ」

シュエに行ってもらうくらいだったら、自分で行ったほうがいい。大切なことを他人にゆだねる気にはなれなかった。

(……それに、遠目にでもウルマスを見ることだって、できるかもしれない)

彼の横顔が脳裏に浮かぶと、ぞくりとするような焦燥が湧いた。もうずっと、見ていない。姿を見たらきっと身体を裂かれるように痛いだろう、と想像はついたけれど、ユキは長椅子から起き上がった。

「取ってきます」

一目見られたら裂けてもいい、とユキは思う。いっそどこか山の中に身をひそめて、けがれて死んでしまうまでウルマスを見ていたほうが、ここでただ泣いているよりいい。幸せに暮らしているウルマスを眺めて、懐かしい向こうの空気を吸いながら、もらったぬいぐるみを抱きしめていられたら——からっぽの胸の穴も、これほどつらくはないのではないか。

(そうだ。ウルマスに会えなくたって、べつにここにいなくてもいいんだ。どうして気がつかなかったんだろう)

あちらに帰ろう、と思うと、やっと手足に力が戻ってきた。

「ひとりで大丈夫?」

立ち上がったユキに、シュエが心配そうに寄り添った。

「私も一緒に行ってもいいんだよ」

「平気です。ひとりで、行ってきます」

シュエが一緒だったら、あちらにはとどまれない。ユキはどうにか微笑んでみせた。

「こっそり行くなら、ひとりのほうがいいですよね。大丈夫ですから」

「そう？　……気をつけてね。待ってるから」

手すりに手をかけたユキは背中でシュエの声を聞き、ひらりと飛び越えた。

(悪い子でごめんなさい)

優しく包み込む空気に身を委ねて、川を越え、野原に足を下ろす。

(悪い子だから、優しい仲間より、ウルマスがいいんだ)

たったひとつ、うさぎのぬいぐるみがあればひとりぼっちでもかまわない。否、もしあのぬいぐるみがなかったとしても、ウルマスと同じ世界にいたい。

はやる気持ちのまま走りはじめると、身体が自然とユキヒョウの姿になるのがわかった。飛ぶように景色が過ぎ去って、青い山々が迫ってくる。駆け登り、雪に包まれた尾根へと出て、さらに上へ上へと登れば、やがて空気が絡みつくように重くなった。あたりは夜に似た藍色になり、その先に白くて丸い出口が見えた。

ためらわずそこに飛び込んで、ユキは一心に走った。

人間の世界は、水っぽく重たい雪が降っていた。

まだ冬なのだろうか、と思いながら山をいくつも駆け下りると、白くぼやけた雪の幕の向こうに村が見えてくる。灰茶色の石を積んだ二階建ての家々。屋根にはどこも雪が積もり、道の脇には積み上げられた雪が壁のように残っていた。通りは溶けた雪と土とでぬかるんでいる。

どこかどんよりとして見える光景だが、懐かしさがこみ上げた。薪を燃やすにおいや家畜の気配に、少しだけ頬がゆるむ。

ユキは足をとめて人の姿を取った。シュエが着ていたような白い衣をまとった姿になって、教わらなくてもできるものなのだな、と片隅で思う。

（……ぼく、雪神なんだ）

いくら言われても実感がなく、あちらの世界に行ってもまだ納得できなかったのに、こうして変身できてしまうと、諦めて受け入れるしかなかった。

ウルマスとはちがう。

だからウルマスも好きにはなってくれなかったのかもしれない、と思いながら、ユキは下りてきた山を見上げた。雪と雲とで、帰るつもりのないあちらの世界へ続く峰はまったく見えない。ごめんなさい、と心の中ででもう一度詫びて、ユキは下り坂に踏み出した。

久しぶりの人間の世界のせいか、身体のあちこちがこわばったように重く感じられた。あちらでの自由さを味わったあとではいかにも窮屈だが、以前はずっとこんな感じだった、と思い出せば、窮屈さも懐かしい。

冷たくて水っぽい雪が落ちる道に人影はない。明かりの灯っている家はあるが、どこもしんとして静かだった。いくつかの家の前を通り過ぎ、村の中でも高いところにあるウルマスの家に着いて、ユキは扉に手を当てた。

人の気配はなかった。夕方近くで雪が降っているのに、ウルマスがまだ帰ってきていないのは珍しいが、これならゆっくりぬいぐるみを探せる、と思って、ユキはそうっと扉を開け、中にすべり込んだ。

暗がりに目が慣れると、懐かしい室内が広がっていた。通りに面した壁側の台所と木戸のついた窓。小さな明かり取りの窓が二つと、裏庭に続くドア。みんなで使う一枚板のテーブル。壁の棚には道具や備蓄の食料が置かれている。だが、よく見ると細部は様変わりしていた。

まず目についたのは褐色をした酒の土瓶だ。以前なら、ウルマスは家で飲むことはほとんどなかった。

かまどこそ炭に灰をかぶせて火が絶えないようにしてあるが、鍋はひっくり返して重ねられ、使った形跡がない。空気は冷えて、革と酒と土のにおいしかしなかった。

数か月しか経っていないはずなのに、もう何年も放っておかれた家みたいだ。全体的に荒れたように感じる室内を見渡し、二階へ上がってみると、シリンの寝台と、ウルマスとユキが一緒に使っていた寝台とが、どちらも以前のまま残されていた。

窓際の台の上に白い塊が見えて、ユキは駆け寄った。赤いリボンを結んだうさぎのぬいぐるみは、たしかにウルマスがユキにくれたものだ。

「よかった……」

燃やされていなかった、とほっとして、小さなそれに頰ずりする。なくさないように大事に持っていこう、と抱きしめながら、すぐに立ち去ってしまうのが惜しくて、もう一度室内を見回した。

ずっと寝起きしていた部屋だ。もともとものが少ない分、変化もない。シリンの寝台はきれいに上掛けがかけられていたが、ウルマスの寝台は敷布ごとくしゃりとよれていて、ちがいといえばそれだけだった。寝具はいつもユキが整えていたのだ。

これを直すくらいなら、ウルマスも大目に見てくれるだろう。そう考えることにして、ユキは寝台を整えた。わらや籾殻をつめた台を敷布できちんとくるみ、薄い上掛けと毛皮の上掛けを揃えてかけ直し、枕は叩いて膨らませる。顔を寄せるとウルマスのにおいがして、瞬間、胸がぎゅっとなった。

「……ウルマス」

恋しさで息がつまりそうだった。やっぱり会いたい。

(でも、会っても、ウルマスは喜ばないもんね……)

いっそ枕も持っていきたい、と思ってしばらく抱きしめて、ユキはため息をついた。うさぎのぬいぐるみはともかく、枕を持っていったら盗むのと同じだ。

のろのろと寝台に戻すと、もう部屋にとどまる口実はなかった。意味もなくぐるりと部屋を歩いて壁を撫で、行かなきゃ、と言い聞かせてぬいぐるみを大事に抱く。この天気では、落ち着ける洞窟を探すのも苦労するだろう。日暮れ前に手頃な場所を見つけるためには、急ぐべきだった。

ランプをひとつ借りていこうか、あとでちゃんと返すから……と考えたとき、がたん、と大きな音が響いた。

ドアの開く音だ。ウルマスが帰ってきたのだ。

慌ててユキは室内を見回した。隠れる場所はない。二階の窓は貴重なガラスが嵌め殺しになっているから、そこから逃げるのも不可能だった。

どうしよう、と固まっているあいだに、階段を駆け上ってくる足音がして、ウルマスの顔が見えた。

「ユキ……」

見た瞬間、安堵とも歓喜ともつかない感情が湧き上がった。黒い髪や精悍な雰囲気に、会いたかった、と口走りそうになる。

けれど、ウルマスのうめくような声と苦しげな表情は、とても歓迎しているようには見えなかった。迷惑なのだ、と思うとすぐに胸が重たくなって、ユキは俯いた。

「ごめんなさい。本当はもう来ないつもりで……でも、ぬいぐるみを」

抱きしめたうさぎのぬいぐるみを守るようにしっかり胸に引き寄せて、ユキは言った。

「これだけ、もらっていきたくて」

「――わざわざ取りに来たのか」

ため息まじりの確認に、びくっと肩が揺れてしまった。

「っ、ごめんなさい。ウルマスには会わないようにしようと思ってたんだけど……すぐ、出てくから。この子、もらっていってもいい？」

ウルマスはもう一度ため息をついた。

「それはおまえに土産で買ってきたんだから、ユキの好きにしたらいい」

「……うん。ありがとう」

許可してもらったのに、ずきずきと苦しかった。満面の笑顔で出迎えてもらえる、などと思っていたわけではないけれど、ウルマスのいかにも面倒そうな態度がこたえた。

小さなぬいぐるみを胸に押し当てて、数歩後退る。ウルマスは壁を背にして、こちらには近づいてこようとしない。

前を通り過ぎて階段を下りようとしたとき、ウルマスの手がふいに腕を掴んだ。

「ユキ」

震えて振り返った途端、こらえていた涙が転がり落ちた。ウルマスは気まずげに手を離し、「悪い」と呟いた。

「痩せたみたいに見えたから……つい。大丈夫なのか？」

遠慮がちにそう聞かれ、ユキはぼうっと身体が熱くなるのを感じた。会いたくなかったはずなのに、心配してくれるウルマスは本当に優しい。

やっぱり好き、と思うとよけいに涙が溢れて、唇を嚙んで嗚咽をこらえる。ウルマスはぎこちなく身じろいで、ほんのかるく、ユキの頭を撫でた。

「飯は？　ちゃんと食べられてるか？　具合悪くなったりはしてないか？」

「……大丈夫」

「――だったらいいけど。あんまり泣くな。ほかの雪神様も心配するだろ」

「……うん」

だって寂しいんだもの、と言いたかった。撫でられた場所がくすぐったくあたたかくて、いつまでも撫でられていたくなる。寄りかかって、よくしてもらっていたみたいに抱きしめてもらいたい。

それでもウルマスを困らせたくない一心で、拳で涙を拭った。

「ごめんね、すぐ……」

行くから、と言おうとして、ユキはウルマスの服が濡れているのに気がついた。俯いた視界の中、あたたかいはずの外套から水がしたたって、床に水たまりを作っているのが見える。

「ウルマス、服が濡れてる」

ほんの少し迷って、ユキは顔を上げた。

「こんなに天気が悪いのに、狩りだったの？」

「いや……下の渓谷にかけてある橋が壊れて、カッツァル連れの人たちが渡れなくなってたから、直しに行ってたんだ。この天気じゃ野宿も厳しいだろう」

ウルマスは服が濡れていることを忘れていたみたいに、腕を上げて雫のしたたる袖を見た。よく見れば髪もすっかり濡れている。

「今火を起こすから、あったまって」

言ってしまってから、鬱陶しがられるかな、と思ったけれど、気にしないことにした。どうせ今日が最後なのだ。自分は嫌われたってかまわないが、外は雪も降っているのだから、ウルマスが風邪をひいてしまう。

なにか言いかけたウルマスを無視し、ユキは急いで階段を下りた。ぬいぐるみはテーブルに置き、かまどの灰の中の火種をかき立てる。そこに小枝を入れようとすると、ウルマスが「ユキ」と呼んだ。

「そんなことしなくていい」

「でも、凍えちゃうもの」

ぱちぱちと聞き慣れた音がする。膝をついてもっと火の勢いを強めようと覗き込むと、手首に指がからみついた。

「いいよ。服が汚れる」

「……っ」

ユキは身体をこわばらせて振り返った。

服が汚れる、だなんて、今まで一度も言われたことがない。自分がどんな格好をしているのかをふいに思い出されて、以前とはちがうのだ、と突きつけられた気がした。

ウルマスにとってユキは、もう家族ではない。

ユキは唇を噛んで、ウルマスを睨むように見つめた。

「ぼくの服はどうでもいいでしょう。それより、ウルマスは早く脱いで」

ウルマスはふっと顔を背けると、ユキを立ち上がらせた。

「わかったから、座ってくれ。火は俺がやるし、お茶くらいは出す」

「……、……うん」

顔が歪みそうだった。どっちなの、とウルマスを詰りたくなる。心配してくれたかと思えば、以前とはちがうのだとつきつけて、なのに「お茶は出す」だなんて。

遠慮したほうがいいだろうか、とも思ったが、ユキはふらふらとテーブルについた。ふちに傷がついているのまでが懐かしい。尻尾を掴みたくなって、かわりにぬいぐるみを抱きしめた。ウルマスは濡れた服を脱いで火のそばに広げ、乾いた上着に着替えている。

「シリンは？」

「今は医者の先生のところに泊めてもらってる。……本当はもう街に向かってるはずだったんだが、五月なのに雪と雨が交互に降ってて、雪崩(なだれ)になるんだ。それで出発できなくて」

着替え終えたウルマスはやかんを火にかけ、背中を向けたまま動かなくなった。

「ユキのほうは？　向こうには慣れたか？」

「――うん。みんな優しいよ」

まさか、戻らないつもりなのだ、とは打ち明けられなかった。

ユキもぎこちなくしか話せないが、ウルマスも戸惑っているようで、二人とも黙ると居心地の悪い空気が流れた。話したいことや聞きたいことはたくさんあるのに、ウルマスは興味がないかもしれない、聞かれたくないかもしれない、と思うと声が出ない。

長く思える数分が過ぎ、お湯が沸いてウルマスがお茶を淹れてくれ、ユキは小声で礼を言ってカップを受け取った。

「村のみんなは、元気？」

「変わりないよ。今年は雪が長引いているから、村長やじいさんたちが膝が痛いって言ってるくらいだ」

「五月まで降るのは珍しいよね」

「――ああ」

向かいに座ったウルマスはユキと視線をあわせようとはしなかった。ユキはほかの話題を探し、諦めてカップを置いた。どんなにぎこちない空気でも、なんなら嫌われていたって、ユキはここにいたい。でも、ウルマスはいやなのだ。

「ぼく……」

これを飲み終えたら出ていこう。そう言うつもりで口をひらく。

「なあ」

同時にウルマスが言って、互いに気まずく黙ったあと、ユキは「どうぞ」と促した。

「なに？」

「いや――雪が、やみそうにないと思って」

ウルマスは斜めに視線を逸らし、うなじをがりがりとかいた。

「このまま暗くなったら危ない。……急がないなら、泊まっていけばいい」

「でも」

反射的に言い返しかけ、ユキはいたたまれずに俯いた。

（ウルマスがなに考えてるか、全然わかんないよ）

「嬉しい、けど……いいの？　邪魔じゃない？」

「危ない目にあわせるわけにはいかないだろう」

ウルマスは立ち上がると裏庭へと通じるドアを開けて外に出ていく。薪を取りに行くのだろう。ユキは落ち着かない気持ちでぬいぐるみをいじった。

ウルマスの表情や言葉に一喜一憂している自分が滑稽だ。口数が少なく、表情も決して豊かではないのは以前と変わらないのだが、ウルマスがどうしてほしいのか、どうしたいのか全然わからない。前はこんなことはなかったのに、と思うと不安だった。

所在なくぬいぐるみを弄(もてあそ)んでいると、ウルマスは薪を持って戻ってきて、それをかまどにくべた。鍋に手を伸ばしかけ、思い出したように振り返る。

「どうする？　食事、食べるか」

「？　うん。おなかはすいたかも……あっ、でも、ウルマスだけ食べてもいいよ。もったいないもんね」

食料は貴重品だ。もう五月なのにこの天気なら、今年はいろいろと不作になるだろう。無駄にはできない、と思ったのだが、ウルマスはわずかに笑った。

「遠慮はしなくていい。腹が減ってるなら、一緒に食べよう」

「……じゃあ、手伝うね」

そばにいられるのはウルマスがいやがるかもしれないが、座ってできあがっているのを待つなど、本当に客みたいでできない。隣に並ぶと、ウルマスはなにか言いたげにしたものの、やめろ、とは言わなかった。

塩漬けの野菜と肉を洗い、刻んで香辛料をまぜる。それを大麦のパン生地で包んで、多めの油で揚げ焼きにする。スープは豆と粟を入れて、醤(ひしお)で味を整えた。下味のついた揚げパンはそのまま食べてもおいしいが、スープにひたして食べると身体があたたまるのだ。

普段どおりの献立だった。何度も何度も、この台所でユキも作った料理。並んで調理していれば、黙っていてもそれほど気詰まりではなかった。逆に、なにも言わなくても調味料を渡すタイミングがぴったりだったりして、ユキは夢を見ているような心地になった。

神様の世界に行ったことのほうが、夢だったのではないか。現実ではユキは村で寝起きして、ウルマスたちと暮らしているのだ。以前となにひとつ変わらず、ただ長い夢幻に惑わされていただけ。ウルマスに大事にされていたわけじゃなかったとか、約束で縛っていたとか、全部空想の産物で、自分とウルマスは仲睦(なかむつ)まじく過ごしている。

このままここにいたら、元どおりの幸せな日々に戻れるのではないか。

淡く膨らみかけた期待は、けれど、食事を囲む段になるともろく崩れた。

ウルマスは慣れた手つきで酒を大きな杯に注いだ。それを綺麗に飲み干して二杯目を注ぎ、ようやくスープに口をつける。

「ユキは？　酒、飲むか」

「……ううん」

ウルマスが酒を飲むのは、祭りでくらいしか見たことがなかった。それも小さな杯に入れたものを、大事に味わうように楽しんでいたはずなのに、まるで別人のような飲み方だ。

ユキの顔色に気づいたウルマスが、自嘲するように笑った。

「しらふでおまえと過ごす自信がないんだ。気にしなくていい」

突き放すような口調に、ユキはスープに視線を落とした。

「やっぱり、迷惑なんだね」

「――ユキといると、我慢しなきゃならないからな」

ウルマスは水のように酒をあおり、三杯目を注いだ。自棄になったようにも見える仕草に、ユキは悲しくて眉を寄せた。

「いいよ、我慢なんてしなくても。お邪魔してるのはぼくだもの、ぼくが遠慮するから。スープ、ぼくのほうがいっぱいよそってもらったけど……ウルマスももっと食べて」

「そういう我慢じゃない」

一瞬、ウルマスは暗い笑みをひらめかせた。

「ユキ、明日は向こうへ帰れよ。神様なんだから、こっちにずっといたら、けがれてしまうんだろ。……本当はこの食事だって、けがれるんだ」

吐き捨てるような口調だった。ユキは手をとめて、ウルマスを見つめた。

「けがれるって――知ってたの？」

ユキはシュエに聞くまで知らなかった事実だ。ウルマスは三杯目の酒も飲み干して頷いた。

「あの雪神とユキを守るって約束したときに聞いた。人間と神様は、それくらいちがうんだよな」

「……でもぼく、こっちの食べ物のほうが好き」

彼らしくもなく投げやりな口調が胸に痛くて、スープをかき回した。口に含めば慣れ親しんだ味が広がって、こんなにおいしいのに、と理不尽に思う。

「ぼくは、けがれてもよかった」

器ごと持ち上げて行儀悪くスープを飲み干して、油で汚れた唇を拭う。

「神様でなんて、いたくなかったもの。ウルマスといられるなら……それがけがれるっていうことなら、いくらだってけがれたかったよ」

「ユキ！」

音をたててウルマスが立ち上がった。きつく寄せられた眉の下、夜の色の瞳は怒りで炯々と輝いている。

「そんなこと言うんじゃない！　なんのために雪神様が、俺と契約までしたのかわかってるのか？　おまえを守るためじゃないか。なのに、けがれてもいいだなんて言っちゃだめだ」

予想だにしない激しさで叱られて、ユキは首を竦めた。

「……ごめんなさい」

謝りたくない、と思いながら、奥歯を噛むようにして謝罪する。

「ウルマスは、ぼくのことなんて好きじゃないもんね。居座られたら困るよね」

「――そういうことじゃない。おまえが、けがれたら困るって話だろう」

「うん。わかってる」

今からでもこちらの世界にいれば、けがれて、神でなくなることはできる。でももう遅いのだ。人間になったところで、ウルマスがユキを愛してくれるわけじゃない。

（……きっと、神様だからなんだ）

面倒そうな顔をするのに、心配してくれたり、お茶を出してくれたり、危ないからとひきとめてくれたりするのは、「神様」のユキを丁重に扱うためだ。好き嫌いに関係なく、義務感で礼儀正しく接してくれているだけなのだろう。

だからウルマスの態度は、どこかちぐはぐで、ユキを戸惑わせる。

「心配しなくても、明日はちゃんと出ていくよ。……ぬいぐるみ、ほんとにありがとう」

山の奥深くに身を隠して、そっと見守るだけだから、と心の中だけで告げる。

(ぼくは今でもずっとウルマスが好きで、ごめんね。気がついてもらえなくても、けがれても、少しでも近くにいたいんだ)

努力して微笑むと、ウルマスは複雑な表情で黙り込んだ。土瓶に残った酒を杯に注ぎ、それを飲み干して口元を拭う。言いたいことを無理に呑み込んだように思えたが、促してもきっと話してくれないだろう、という気がして、ユキも黙ってため息を呑み込んだ。

編み目をひとつかけまちがえたみたいに、うまくいかない。

直接話すのはきっと最後なのに、こんな気まずい逢瀬(おうせ)で終わるのは残念だったが、なにか言えば言うだけ失敗しそうで、やるせなかった。

＊＊ ウルマス ＊＊

かまどの火以外明かりのない室内で、ウルマスはじっと炎を見つめていた。

ユキは二階で寝ている。ひどく居心地が悪そうにしていたから、眠ってはいないかもしれない。もしかしたらひっそりと泣いているかも、と思うと二階に上がって確かめたくなるが、ぐっとこらえるしかなかった。

泣いているユキをもう一度見たら、なにもかも忘れて抱きしめてしまいそうだ。

「――あんなに」

小さくひとりごちて、苦い気持ちを噛みしめる。

あんなに悲しませてしまうなんて、自分は選択を間違えたのかもしれない。

やつれるまで泣かせるために返したわけじゃない。神の世界に返したりしないで、そばに置いていたほうがよかったんだろうか。ユキは自分では意識していないようだが、あんなに痩せてしまっては、むしろ神の世界に戻ってから病気になったみたいだ。

ユキらしき人を見かけた、という知らせを受けて急いで家に戻ってきたときの衝撃を、ウルマスは思い返した。

真っ赤に腫れた目と、こけてしまった頬。銀色の髪は艶がなく、唇は色をなくしていて、身体は消えそうなほど頼りなく見えた。ぬいぐるみを抱きしめて小さくなり、声を震わせている姿はあまりに痛々しく、とても放っておくことはできなかった。

そっと撫でてやれば必死に嗚咽をこらえる仕草がせつなくて、同時に胸が熱かった。愛されている、と感じて覚えた瞬間的な誇らしさは、直後に迷いに変わった。

ユキがウルマスに対して抱いていたつたない恋心は、無垢で純粋なゆえの勘違いだろう、と思ってきたけれど、もしかしたら、考えるよりずっと深く、愛されていたのではないだろうか。

無垢で純粋だからこそ、心から愛してくれていたとしてもおかしくはない。

神の世界へと送り返すときに、もっと拒絶しない言い方をすべきだったかもしれない

——そう考えかけて、ウルマスは首を横に振った。

(だめだろ。ユキは一途なんだから、俺も好きだなんて知ったら、けがれてでもこっちに残るって言いかねないんだ)

そうしてユキがそばにいたら、自分は欲望を抑えきれなかった。

やはり、ああするしかなかったのだ。

断腸の思いで雪神との約束を守り、嫌われてもいいからと神の国にユキを返したのは、ユキをけがれで死なせないためだ。生きてさえいれば、またきっと幸せなこともある。仲間の神様に囲まれて幸せでいてほしかったから、別れがつらくても耐えたのだ。

一年では癒えない悲しみも、三年経てばきっと消える。

今日だって、うっかり引きとめてしまったけれど、本当はすぐに帰したほうがよかった。少なくとも、家に着いてユキの姿を見るまでは、急いで帰れ、と言うつもりだった。

放っておけずに泊めてしまった以上は、明け方になる前にユキを起こさなければならない。


(村長が押しかけてきかねないもんな)


ため息をついて、ウルマスは耳をすませた。二階は静かだ。外は雪が雨に変わったようで、水音が聞こえた。雪よりもましだが、やむ気配のない雨だった。

ユキが神の世界に帰ってから一年半。最初の冬と春は神様の約束どおり、雪が多いかわりに恵みの多い季節だった。

だが、そのあとから、天気は一変してしまった。春の半ばからはまともな晴れの日もなく、異常なほど雨が多かった。夏も秋もおかしな天気ばかり、ひえも粟も全滅で、冬のはじめにはみんな呆然としたものだ。恵まれていた十数年のあいだに備蓄した食料がなければ、村でも飢えて死ぬ者が出ただろう。狩りに出てもろくな獲物にありつけず、乏しくなる食料に不安を覚えながら二度目の春が来て、それでも天気はましにならなかった。今年はだらだらと雪が続き、五月だというのにいまだに春告草も咲かないほどだ。

このままでは去年よりも厳しい生活になる、とみんなが不安に思っていた折に、ユキはやってきてしまったのだ。

ユキを見かけたという知らせを受けた村長は、橋の修復を手伝っていたウルマスのところまで自ら伝えにやってきた。

「やっと来てくれたんだ。きみの家にいるそうだ。なんとしてでももてなして、村に恵みをもたらしてくれるように頼んでくれ。いや、恵みでなくていい、この天気さえ、少しでもましにしてくれたらそれでいいから。できればまた前みたいに、好きなだけ村にいてもらいたい」

村長は、雨まじりの雪にずぶ濡れになりながら、ウルマスの手を握った。

「あの子はきみになついておるんだからな。今度こそ粗相のないように、追い返したりはしないでくれよ」

すがるような目でわざわざ念を押さずにいられなかったのは、村長も歯がゆかったからだろう。できれば自分でもてなしたかったにちがいない。彼をはじめ村の人間は、非難こそしないものの、ウルマスが怒らせたから、ユキが神の世界に帰ってしまい、その結果がこの悪天候なのだ、と信じている者は多い。

ウルマスはただ「帰した」としか伝えていなかった。こと細かに話せば、自分のよからぬ欲望まで知られそうでいやだったのだ。だから疑われても非難されても言い訳はしない。おかげでシリンでさえ、顔をあわせるたびに、「ユキがいたらよかったのにね」と言ったりする。

かつて小さなユキを拾ったときに手に負えなかった経験がなかったら、村長はウルマスに知らせずにユキを迎えに行っただろう。そうしなかったのは、少しでも長く村にとどまってもらうなら、ウルマスの協力なしには無理だ、と考えたからだろう。

必死になる気持ちは理解できる。ウルマスだって、村の仲間が苦しい生活を強いられるのがいいことだとは思わない。でも、自分たちは十三年間も、分不相応な恩恵を受けたのだ。数年くらい大変なのは当然だと思うから、ユキには村長の頼みを伝える気はなかった。

ユキは自分が神様だなんて、長いこと思っていなかった。幼いころは「神様としてなにもできない」と怯えていたくらいだ。人間でいたかったのかもしれない、と考えるのはウルマスの願望だけれど、ユキに期待し、願うのは、せめてウルマスはしないでいてやりたかった。

それに、村のためにユキを引きとめたら、またけがすことになる。せっかくの苦しみも水の泡だ。

結局、ウルマスにとって大切なのは、ユキの幸せなのだ。

村の豊かさや平穏より、自分の幸福より、なによりユキが大切だからこそ、ユキに嫌われてもいい、とさえ思う。

(早く俺のことも忘れてくれよ。倒れそうなくらい泣いたりしないで、忘れて笑ってく

れ）

もう自由なんだから、と手を組んで祈り、ウルマスは眠らずに夜明けを待った。

まだ暗い、日の出前を見計らって二階に上がると、ユキは寝台で丸くなり、ぬいぐるみを抱いて尻尾をくわえていた。

ふっと笑みがこぼれそうになり、胸が痛んで、ウルマスは唇を引き結んで揺り起こした。

「ユキ、もう起きろ」

「……ウルマス？」

目が覚めきらないのか、ぼんやりと見上げてくる表情が幼い。撫でてやりたくなるのを我慢して「急いだほうがいい」と促す。

「暗いうちに帰るんだ。村の人たちに見つかる前に」

「……村の、人たち」

呟いてまばたきし、室内を見回して、ユキはようやく状況を思い出したようだった。すうっと悲しげな表情になって起き上がる。

「ぼくがここにいるって、見つかるとよくないんだね。……迷惑かけて、ごめんなさい」

「謝らなくていい。暗いけど、ひとりで行けるか？」

「うん。大丈夫」

寂しげにしながら、宝物のようにぬいぐるみを抱える仕草がいじらしい。長いまつげが伏せられて、ふと、見送ったらおそらく二度と会えないのだ、と強く実感して、ウルマスは胸をつかれた。

「ユキ」

また来てくれ。いつでもいい、待ってるから。

そう口走りそうになり、顔を上げたユキと目があって、ウルマスは視線を逸らした。

「なんでもない。気をつけてな」

「……う、ん」

心なしかがっかりしたようにユキは肩を落とし、ウルマスについて階段を下りた。この時間なら、せめて村外れまでは見送れるだろうか、と思いながら、ウルマスはドアを開けた。

「ウルマス。ユキ」

待ち構えていたように名を呼ばれ、ウルマスは顔をしかめた。

まだ暗い通りには、村長と数人の村人が揃っていた。シリンと向かいに住むリッサも、案じる顔で少し離れて立っている。ウルマスの後ろからユキが現れると、ほっとしたような声が上がった。

「よかった、本当にユキだ」

「嬉しいよ、帰ってきてくれて」

「ユキの好きな蜂蜜と橡餅を持ってきたからね。たんとおあがり」

笑顔の彼らに、ユキは困ったように尻尾を持った。ちらりとすがるような目を向けられ、ウルマスはかばうように肩を引き寄せた。

村長が一歩前に出る。

「ユキ。失礼を承知で言うが、またしばらく、村にいてはくれんか。これ以上雨や雪が続けば、この村でも犠牲が出てしまう。この冬はヤクもだいぶ死んでしまったのだ。去年だって、狼がこっちまで出て大変で、木の実もろくに採れなかったんだ。もう一年以上も、この天気だ」

冷たい雨はだいぶ弱まって、空は雲で覆われているが、白っぽく明るい。その天を指差した村長に、ユキが訝しげに眉を寄せた。

「一年？　今は五月でしょう」

「そうとも。きみが出ていってから一年と八か月、よかったのは最初の冬だけだ」

春もまだよかっただろう、と思ったが、口ははさまなかった。ユキは呆然と「一年と八か月」と繰り返した。

「ぼく、まだ半年しか経ってないんだと思ってた……あっちとは、こんなに時間の流れ方がちがうんだね」

「時間の流れ方がちがう？」

驚いて見下ろすと、ユキはためらいがちに頷く。

「正確にはわからないけど……あちらでぼくが過ごしたのは、長くても一か月くらいしかないと思う」

だからなのか、とウルマスは納得した。昨日、なんだか少し話が嚙みあっていないような気がしたのだ。一年半以上も経ってなぜぬいぐるみを、と思っていたが、ユキにしてみれば、それほど時間が経っていないつもりだったのだろう。

なにか思い悩む様子のユキに、村長は精いっぱいにこにこした。

「ではユキとしては、すぐに遊びに来てくれたわけだな。それは感謝するよ。我々としても、大変だったときみを責めたいわけじゃないんだ。ウルマスがきみを傷つけたことは詫びよう。精いっぱいもてなすから」

「待って」

今度はさっきよりも顔をしかめて、ユキはまっすぐに村長を見返した。

「ウルマスが傷つけたから、ぼくがあっちに帰ったって、みんな思ってるの？」

「――ちがうのか？　急に消えてしまうから、きっとなにかあったんだろうと思ったんだが」

村長は困惑している。

「全然ちがうよ。たしかに、いろいろあってぼくはあっちに行くことになったけど、でも」

「ユキ」

憤慨した様子のユキの肩を、ウルマスはそっと引いた。

「大差ないだろ。ユキはもっといいたいって言ってくれたのを、俺は帰れって言ったんだから」

「大差あるよ。ウルマスは約束を守ってくれただけだもの」

唇を尖らせてユキはウルマスを見つめ、困惑顔の村長と村人たちを眺めわたした。

「ウルマスがぼくをずっと大事にしてくれてたの、みんな知ってるでしょう？　ぼくがまだ小さくて、向こうには帰れなかったから、シュエが……雪神が、ウルマスに頼んだんだよ。向こうの世界に移動できるくらい大人になるまで、大事に育ててくれって。それでぼくが大人になったから、約束どおりあちらに返してくれただけ」

「そんな……」

誰かがうろたえた声を上げた。

「じゃあなぜ、一年も雨や雪ばかりが続くんだ？」

「そうだよな。むしろ、約束を守ったなら恩恵があってもいいはずだ」

「いや、恩恵はなくたっていいさ。せめて、こんな祟りみたいな雪と雨じゃなけりゃ……」

「――みんな、この天気が、ウルマスのせいだと思ってたの？」

ユキの咎めるような声に、村人たちは気まずげに黙り込んだ。村長がとりなすように両手を広げる。

「仕方ないだろう。ウルマスはなにも言わないし、この天気なんだから」

「ウルマスのせいじゃないよ。それだけは、絶対にちがう」

ユキは悲しげにうさぎのぬいぐるみを抱きしめた。

「でも、ぼくがここにいても、天気がよくなるかなんてわからないよ。ぼく、なにもできないもの」

「そんなことはないさ。ユキがこの村にいてくれたあいだは、あんなに豊かで平穏だったんだ。きみのおかげだとも。現に、昨日の夜から急に雪が雨に変わって、今はもうやんだ」

村長が一歩近づいた。その言葉どおり、弱かった雨はいつのまにかやんでいて、薄い雲のわずかな隙間から、淡い青空が覗いていた。つられて見上げたユキは、困ったようにウルマスを見る。

「ぼく、なにもしてない」

「ユキの存在が大事なんだとも。神様なのだからね。さあ、橡餅は朝ごはんにでもしておくれ。山から下りてきて疲れているだろうし、蜂蜜もあるから甘くして食べるといい」

「ユキさえよければ、歓迎の宴もひらくよ。もう大人なら、酒も飲めるだろう」

にこにこした村人が村長に続いて近づいて、蜂蜜の入った壺をユキに握らせた。ウルマスはため息をつきたいのをこらえて黙っていた。

こうやって引きとめられたくないから、夜明け前にユキを帰そうと思っていたのに。

久々の晴れ間に、鳥たちも明るく囀りはじめる。春の明け方にふさわしい、冷たいが日差しの恵みを感じる光がさっとあたりを染めた。

吹き払われるように雲が遠のき、青空の中に雪をたたえた山々も見えてくる。一年半ぶりの美しい晴天に、村人たちは抱きあうようにして喜んだ。

「奇跡だ。やっぱり、ユキのおかげだ！」

リッサとシリンも驚いたように顔を見あわせている。すうっと雲が引いていく様は、ウルマスが見ても奇跡でしかなかった。

これではとても、ユキを無理にでも山に連れていく、なんてできそうもない。

(村長には昨日言ったのにな。人の世で暮らすのは神をけがすんだって)

昨日、引きとめられないと一度断ったウルマスに、村長は申し訳なさそうな顔をしながらも言ったのだ。「だが、十三年くらいなら問題ないんだろう？」と。

ユキは十三年、村で暮らした。そのあいだは健康だったし、問題なくあちらの世界に帰れたなら、また十三年、あるいはそこまでいかなくても五年くらいはいてもらえるはずだ、と譲らなかった。

「わかってくれウルマス。これ以上みんなを苦しめたくないんだ。わしらの努力でどうにかできることなら、頑張ればいい。だがこの天気はどうにもできんだろう？　神にすがるしかないんだよ。なんとしてでも、ユキを引きとめてくれ」

その村長は、今は背中を押しかねない勢いだった。

「さあ、中に入って。よかったらみんなでもてなすよ」

「……せめて、少し二人きりにしてもらえないか。話があるから」

家の中にまで入ってきそうな村長を押しとどめると、彼は一瞬不安そうな顔をして、それから笑みを作った。

「もちろんだとも。くれぐれも粗相のないようにな。ユキ、ゆっくり食べて、あとでまた村を見てまわっておくれ」

ウルマスはユキの肩を引いて踵を返した。ユキは逡巡しながらも逆らわず、出たばかりの家の中に戻る。ドアを閉めると外からは「いやあ、よかった」と笑いあう声が聞こえ、しばらく名残惜しげにとどまったあと、じわじわと遠ざかっていった。

「悪かった」

抱いていた肩から手をどけると、ユキは左右にかぶりを振った。

「ぼくこそ、ごめんなさい。ウルマスのせいじゃないのに、悪者にされてたなんて――本当のことを言えばよかったのに」

「言ったって仕方ないだろ。俺がユキを守って、村をひそかに助けてきたんだって言ったところで、天気がよくなるわけでもないし、感謝したり尊敬したりしてほしいわけでもないから」

言いながら、ウルマスは自分で笑いたくなった。

思えば、熊に襲われてあの雪神がやってきたとき、すぐに村長に報告することだってできたのだ。こんな約束を神と交わしたから協力してほしい、と頼めば、村をあげてそれまで以上にユキを大切にしただろう。

言わなかったのは——結局、独占欲だったのではないか。

ユキが村人になついていないから、と言い訳して、せめて大人になるまでのあいだ、自分だけのものにしておきたくて。

「……とにかく、ユキは気にすることはない。みんなはああ言ったけど、俺は悪天候が続くのだって仕方ないと思ってるし、長くここにいてまたけがれが溜まっても困るからな。見張られてるかもしれないけど、無理やり閉じ込めるような真似(まね)はしないはずだし、折を見て山に向かおう」

とりあえずお茶でも淹れようとかまどに向かうと、背後でユキが呟いた。

「ぼくは、村に残ってもいいけど」

「だめだって、昨日も言っただろ」

呆れてウルマスは振り返った。

「ここにいたらけがれるんだぞ。けがれてもいいなんて、冗談でも言っちゃだめだ」

「……そんなにいやなんだ？」

む、とユキは唇をへの字にした。三角の耳は斜めに寝て、不機嫌そうにぴるぴると動く。

「今度は契約するわけじゃないから、ぼくはただいるだけだよ。それでもいや？　ウルマスは誰とだって、好きに絆の契りが結べるし、一緒に暮らしたくないなら、べつべつに住めばいいでしょう。もちろんぼくは一緒がいいけど、絶対いやだって言うなら我慢くらいするよ。あんなふうに、ウルマスのせいじゃないのにまた責められるくらいなら、寂しくても痛くてもここにいて我慢して、めちゃくちゃにけがれたほうが、あっちにいて綺麗なのよりずっといい」

「俺のことなんかどうでもいいだろ！」

ウルマスも苛立って言い返した。

「村なんか、追い出されたってべつにいいんだ。なにを言われたって気にならない。そんなことより、ユキがけがれて死んだほうが——どこを探してもおまえがいないほうが、ずっといやだ。なんでそれがわからない⁉」

怒鳴るような声を出すのは初めてだった。ユキは目を丸くして尻尾をぴんと立てていて、ウルマスはばつの悪い思いで顔を背けた。

「大声出して悪かった。でも、わかってくれ」

「……ぼく、死ぬの？」

　半分も理解できていないような、気の抜けた呟きが返ってくる。

「けがれるって、死ぬっていうことなの？　ぼくはシュエから、力が弱って神様じゃなくなるって聞いたけど」

「——なんだって？」

　今度はウルマスのほうがぼけっとした声を出してしまい、二人で顔を見あわせた。

「……俺が聞いたのは、けがれが溜まると弱ってしまうって」

「じゃあ、やっぱりすぐ死ぬわけじゃないいんじゃないかなぁ。いつかは死ぬのかもしれないけど……シュエが、けがれが溜まると神様の力がだんだん弱くなるって言ってたもの。だから人間と同じになるって。弱くなるっていうのは、ウルマスが聞いたのと一緒だよね？」

　そう言われてみれば、たしかにあの雪神ははっきり「死ぬ」とは言わなかった。ユキは身体が弱かったから、けがれのせいでは、とウルマスが考えて、死んでしまうのだ、と勝手に思っただけだ。

「……でも、あの雪神が、ユキにも本当のことを言ってないだけかもしれないだろ」

「それは——そうかもしれないけど」

「だいたい、ずっとこっちにいたら神様の力が弱まるんなら、ユキがいてくれても天気がまた崩れることもあるんだし、危険を冒すくらいならあっちで暮らしたほうがいい」

ユキを傷つけるのだけはいやなのだ。わかってほしくて、「な?」とできるだけ優しく声をかけると、一度俯いたユキが睨むように見上げてきた。

「いや」

「……ユキ」

「って、ぼくが言ったら、ウルマスは困る?」

潤んだ緑色の目は、訴えかけるように真剣だった。

「もし神様の力が弱まるだけで死なないってわかったら、ここにいてもいい? さっきウルマスが言ってくれた、どこを探してもおまえがいないほうがいやだっていうの——あれって、ちょっとは」

声が震え、恥じるように唇を噛んで、ユキは囁くように言った。

「……ちょっとは、ぼくのこと、好きっていうこと?」

「ユキ——」

「嘘をつかないで教えて。ぼく、ずっとウルマスには嫌われてたんだと思ってた。毎日泣いて、泣いても泣いても楽にならなくて、迷惑かけてたんだからうっとうしく思われても仕方ないって考えても悲しくて——苦しかったよ」

目を伏せたユキは大切そうにうさぎのぬいぐるみを撫でた。

「ウルマスに長いあいだ約束なんかさせて、嫌われても仕方ないけど。優しくしてくれたと思ってたのも、全部シュエと約束したからで、ぼくのためじゃなかったんだって知って、寂しかったたし、申し訳なかった。でも、もっと適当でもよかったのに、ウルマスは優しかったよね。火傷しないようにとか、風邪ひかないようにとか、いっつも心配してくれた。小さいころはいっぱい頭も撫でてもらったし、このぬいぐるみだって買ってくれて——ぼくはいつも幸せだった。ウルマスの気持ちが義務感でも、ぼくは嬉しかったんだよ。だからぬいぐるみだけは取りに来たかったんだ」

ユキは意を決したようにウルマスを見つめてくる。

「十三年もお世話になったんだもの、もし許してもらえたら、ぼくは恩返ししたいよ。けがれで死んじゃうんだとしても、ウルマスに迷惑だけはかけないし、ときどきちょっとだけあっちに帰って清めてきてもいいんだもの。もう縛れないから契約はできないけど……でも、これだけは覚えてて」

すう、と息を吸って、大切そうに。

「ウルマスがぼくを大嫌いでも、ぼくはウルマスが、好きなんだ」

「——」

「ウルマスが、死んでほしくないって思っててくれただけでも、泣いちゃうくらい嬉しい」

ひとことひとこと噛みしめるような告白に、ウルマスは声が出せなかった。

緊張したユキの面差しは別れたときのまま、甘やかな純粋さを残して可愛らしいのに、同時に凛として大人びても見える。

これではまるで、本当に愛されているようだ。

目眩がして、ウルマスは喉を鳴らした。抱きしめたい。でも。

「俺は、……ユキを、失うのだけはいやだ」

拳を握って、そう言うしかなかった。

「頼む。あっちに帰ってくれ。もしかしたらけがれで死ぬかもしれないのに、ここにいてくれなんて絶対に言えない。——わかってくれ」

声を絞り出したウルマスに、ユキはそれでも頑なだった。

「帰らないよ」

「……ユキ」

「もともと、帰らないつもりだったもの」

きっぱりと言い放たれて、なにを言っているんだ、と目眩がする。ユキは拗ねた顔で顎を上げた。

「離れているほうがつらいから、ぬいぐるみを取りに行くついでに、もう帰らないでどこか山の中で暮らそうって思ってたんだ。最初からそのつもりだったけど、今は絶対帰るつもりはないから」

「……村長の言ったことなら」

「ちがうの」

もどかしそうにユキは首を振った。

「村長さんが、ぼくがいなくなってから一年半も経ったって言ったでしょ。あちらとこちらでは、時間の流れがちがうんだよ。ぼく、少しずれてるだけなのかと思ってたけど、あっちではせいぜい一か月くらいしかいなかったはずなのに、こっちではもう一年半以上が過ぎてしまったんだってわかって、ぞっとしたんだ。ウルマスに言われておとなしく帰って、また遊びに来たときは、何年過ぎてるかわからないなんて、ぼくはいや。……知らないうちに、ウルマスが、死んじゃうかもしれないもの」

言われて、ウルマスは目を見ひらいた。なんとなく聞き流していた時間の流れのちがいが、急に現実味を帯びてのしかかる。

たしかに、ユキの言うとおりだった。

思わず黙り込んだとき、ああ、と大きなため息が響いた。同時に閉まっていたはずの裏庭のドアのほうから冷たい風が吹き込んで、ぎょっとして振り返る。

「やっぱり、こうなってしまうんじゃないかと思ってた」

立っていたのはあの雪神だった。ユキが眉を寄せて「シュエ」と呼ぶ。

「どうしてシュエがここに？」

「ユキを追いかけてきたんだよ。あんなに泣きどおしで、こちらの世界のことも、ユキのことも心配だったから」

入ってきた雪神——シュエは、ユキとウルマスのあいだに立つと、二人を見比べた。

「ユキ、やっぱり私に内緒で、帰らないつもりだったんだね」

「それは……ごめんなさい」

ユキは謝ったものの、表情には譲る気配がなかった。

「ぼくは悪い子なんだ。優しくしてもらって嬉しかったけど、でもあっちには戻らないよ」

「考え直す気はないんだね」

シュエはため息をついた。

「ユキはわかってる？　私たちがけがれてしまうってことが、どんなことなのか」

「……死んじゃうってこと？」

警戒するように、ユキは尻尾を揺らした。シュエは寂しそうに笑う。

「二人とも、少し勘違いしているみたいだから、ちゃんと教えるよ。神がこちらの世界のものを口にすればけがれるのは説明したとおりだけど、けがれで弱まるのは神の力で、すぐに死ぬ、ということじゃない」

聞いて、無意識のうちに肩から力が抜けた。はじめからはっきり教えてほしかった、という苛立ちはあるが、それよりも安堵が勝る。

表情には出していないつもりだったが、一瞥(いちべつ)したシュエはわずかに咎めるような顔をした。

「早とちりしないでね、ウルマス。すぐには死なないけど、神の力を失えば、ユキもただの人間と変わらなくなる。当然、老いて死ぬことになるんだ。神ならよほどの原因がなければ、死ぬなんてことはないのに」

「それってつまり、まるきり人間になる、ということだよね」

ユキが首をかしげた。

「ぼくは全然かまわないよ。人間みたいに死ぬから考え直せって言うなら、考え直さない」

「いつか死ぬことは、私だって諦めて受け入れてもいいよ。神だって絶対に死なないわけじゃないからね。でも……人間になるっていうことは、神じゃなくなるってことだ。わかる？　私たちとはもう仲間じゃなくなってしまうし、ユキが生まれたあちらの世界には、二度と行けなくなってしまうんだよ」

シュエはユキのほうに向き直り、そっと両肩に手を置いた。

「ユキが人間を好きなのは知ってる。ウルマスを慕っていることもね。でも、神として人間を慈しむのではだめなの？　私たちより、ウルマスのほうが大切？」

ちがう、と言ってほしいと願っているのが、ウルマスにさえわかった。せめて迷ってほしかっただろうに、ユキはいっそ清々しい顔でシュエを見つめ返す。

「うん。ウルマスのほうが、大事なんです」

「――」

聞き返す余地さえない、明確な答えだった。

「ぼくはウルマス以外には大事なものがないから」

迷いもためらいもいっさいないまっすぐさに、ウルマスは声が出なかった。

ユキはどちらかといえば、遠慮しがちな性格だ。ウルマスには甘えたり拗ねたりもするけれど、頼まれごとをいやだとは言わないし、他人に親切にするためには自分の食べ物や時間を惜しんだりしない。自分からあれをしたい、これをしたい、とねだることはほとんどなく、数少ないおねだりはいつも、ウルマスと一緒にいたい、ということだけだった。

それさえ、ウルマスが拒めば無理に押しとおそうとはしなかったのに――ずっと、こんなに強い思いを抱いていたのだろうか。ウルマスが思うよりも深く。

「――それが、子供の執着ならよかったのにね」

シュエが悲しげなため息をついた。

「ユキがあんなに泣くのを見る前だったら、人間が大事だなんて思い込みだよって言えたのに。恋をしているだなんて気のせいで、今回こっちに来てみたら、目が覚めたりしないかなって期待していたんだけどな」

「……だからあんなに行っておいでってすすめたんですか？」

ひどいな、とユキが眉をひそめる。シュエは「半分はね」と言って、じっとユキを見つめ返した。

「半分は、なんでもいいから泣きやんでほしかったんだよ。あのまま悲しみにくれていたら、ユキが消えてしまうから」

「消える？」

ウルマスは思わず口をはさんだ。こちらを向いたシュエは鎮痛な面持ちだった。

「あなたも気がついたでしょう。ユキは今、弱っているんだ。せっかく私たちの世界に帰れたのに、毎日毎日、なにもしないで泣いてばかりで、あなたと別れたことを悲しんでいた。最初は私たちも、いずれ癒えるだろうと思って見守っていたんだ。ユキが自分の殻に閉じこもって泣いていることが、人間の世界によくない影響を与えているのはわかっていたけど、人間よりユキのほうが大事だったから、悲しむ時間をあげようと思って」

「よくない影響って……じゃあ、もしかしてあの天気は」

長い冬と雨、晴れない曇天。あれが全部ユキが悲しんでいたせいなのか。

ユキは困惑と怯えの表情を浮かべていた。

「ぼくが……泣いていたのが、こっちの世界によくない影響を与えたの？」

「ユキの悲しみが強すぎたんだろうね。みんなで頑張っても、雪や雨がなかなかやまなかった」

「そんな……」

ユキが震えてウルマスを見、傷ついたように顔を伏せた。

「ぼく、そんな力なんてないよ。雨が降りませんようにって思っても降ることだってあったし、降ったらいいなと思っても、降らなかったりしたもの」

「神の力はそんなに単純なことじゃないんだよ。私たちだって、すべて願ったとおり、考えたとおりになるわけじゃない。普通は特別なやり方で祈るんだけど……あまりにも感情が強すぎると、自分でも制御できないまま、影響を及ぼしてしまうことがある」

「……っじゃあ、本当にぼくのせい？」

「残念だけど」

シュエの返答にぎゅっと身体を縮めるユキを見ると、ウルマスまで苦しくなった。

いったいどれほど、ユキは泣いたのだろう。晴れない空もいつまでも続く雨も、やまない雪も——すべてユキが泣いていたせいならば、それは畢竟、ウルマスのせいだ。

死なせたくない、けがすわけにはいかないという一心だったとはいえ、ユキを傷つけたからだ。

「それだけユキの悲しみが深かったのは、私たちもみんなわかっているよ」

シュエは優しくユキに語りかけた。

「なんとか癒してあげたかったけど、でもきみは少しも心をひらいてくれなかった。それどころか、あと少しで消えてしまう――人間で言うなら死んでしまうまで泣いても、立ち直らなかったからね。このまま大事な仲間を失うくらいなら、好きにさせてやるしかないってネーヴェなんかは言ってるんだ。人の世界に降りて、帰ってこなくても仕方ないってね」

「じゃあ……ぼく、こっちで暮らしてもいい？　こっちにいたら、天気もよくなる？」

「きみが神じゃなくなるか、悲しむのをやめれば、天気はよくなると思うよ。――少なくとも、あちらで泣いているよりは、いいと思う」

ユキがこちらに戻ってくる、その許しが雪神から出たというのに、ウルマスは単純には喜べなかった。淡々としたシュエが憎らしく思えて、ぐっと拳を握る。

「結局、あんなに返せ返せって言ったのに、あんたたちはユキを癒してやれなかったんだな」

睨むと、シュエがこちらを向いた。ほんのわずか、冷たく思える笑みが浮かぶ。

「たしかに、そのとおり、私たちはユキを癒せなかったよ。あなたが傷つけたせいでね」

「……それは、」

そのとおりだが、シュエには言われたくない、とウルマスは思う。

「シュエ、ウルマスを悪く言わないで。ぼくがこっちに残りますから」

ユキは凜とした声で言った。

「許してもらえなくてもこっちにいるつもりだったんだもの。むしろ嬉しいくらいだけど……すぐにでも神様じゃなくなる方法はないんですか？　こっちにいても、悲しくてずっと泣いてしまったら、雪が降ってしまうかもしれないんでしょう？」

ほんの一瞬ウルマスを見て、再びシュエを見たユキは、決心を固めるかのように両手を握りあわせる。シュエは複雑そうに首をかしげた。

「どうしても人間になりたい？　神でなくなる方法がないわけじゃないけれど、私はもったいないと思ってるよ。早くきみと一緒に暮らしたかった。ユキが来てくれたら、遠い山まで一緒に出かけてみたいとか、のんびりユキヒョウとたわむれて遊びたいなとか、お茶を飲むのだって踊るのだって、やっと一緒にできるって思ってたのに、なにもできないまま終わってしまうのは残念だ。できたら、ときどきはあちらにも帰ってきてほしい」

「――ごめんなさい」

せつなそうな表情を浮かべはしても、ユキは譲らなかった。

「ウルマスに迷惑をかけたくないから、前みたいにそばにいてって彼と約束はできません。約束しなければ、絶対悲しまないことはできないと思うんです。ウルマスが誰かと結ばれたら、きっと泣いてしまうもの。……だったら、神様じゃなくなるしかないです」

「……ユキは、そう言うだろうなと思ってた」

シュエは諦めのため息をついて、目を伏せた。

「きっと、あちらの世界から落っこちてしまったときから、運命は決まっていたのかもね。運命には神も抗(あらが)えないから」

手を差し伸べた彼がやんわりとユキを抱きしめる。

「愛しい、私たちのいい子——こんなに美しいのに、ユキの魂はとっくの昔に人間に取られてしまっていたんだろうね。それとも……あるいは、ユキが生まれたときから、魂がウルマスと結びついていたから、落ちても人間の世界に来られたのかな」

寂しげな、独り言めいたシュエの声を、ウルマスは緊張とも焦りともつかない気分で聞いた。

思いつくかぎり、神を人間にする方法はひとつしかない。

ユキはじっとシュエの言葉の続きを待っている。シュエはウルマスの硬い表情を一瞥し、ゆっくり言った。

「方法は、人間に嫁入りをして、精を受けること」

きっと、以前に決してやるなと言われていたことしかない、とウルマスは思っていた。

ユキのほうはぽかんとしたようにまばたきしている。

「——精？」

「子種だよ。命を生む精というのはね、とても激しいものなんだ。女性が持っている卵はやわらかくて強くて、どの世界にもなじんでしまう。男性の作る精は、強引にそのひとの属する世界へと引き寄せてしまうの。だから精でけがされれば、人も神の世界に属さなければならなくなるし、神も人になってしまうんだよ。だからユキが人間になるためには、ユキのほうが、お嫁入りしなければだめなんだ」

説明されてもまだ、ユキはぴんとこないようだった。怪訝そうに「受ける？」と呟くのには答えず、シュエは落ち着きを取り戻した緑色の瞳をウルマスに向けた。

「あなたは、怒るかな」

「……どうして？」

「私はあなたに我慢させたのに、結局無駄になってしまったから。あなたがユキをどう思っていたかは、ちゃんとわかっています」

ウルマスは顔をしかめた。つくづく、シュエはいやな神様だ。なぜ今、おまえの気持ちはわかっていた、だなんて——ユキの前で言うのか。

「ウルマスが、ぼくをどう思っていたか？　シュエが、それを知ってるの？」

「知っているけど、私の口からは言わないよ。できたら私はユキに雪神のままでいてほしいし、せめて自分で選んでほしいからね」

「——ぼくが、自分で」

「大切なことはね、ユキ」

シュエはユキを抱きしめた。

「自分の心に背かないことだ。一度決めて変わってしまったら、神だって後戻りしてやり直すことはできない。なにかを選んで、なにかを捨てなくてはならないときは、私たち神も自分の心を聞く。捨てることで失うものや損なわれるものがあったとして、それを受け入れるだけの覚悟が必要だからね」

ユキに言い聞かせるようでいて、それが自分に向けての言葉なのだと、ウルマスは悟った。

ユキが選ぶまではおまえは手出しするなと——そういう意味だろう。

「幸せになって」

そっとユキの頭に口づけるシュエを見ながら、きつく拳を握る。

(シュエの言いなりになるくらいなら、俺はやりたいようにする)

迷ったときは明るく感じられるほうへ進むこと。気持ちが晴れやかに感じる方法を選ぶこと。

思えばこの一年半――いや、シュエと出会ってユキをけがさずに返すと約束してしまったときから、いつもどこかにかげりがあった。悔しい気持ちや、本当はそうしたくない、という思い。

ユキはふんわりした顔貌にきっぱりとした決意を滲ませていた。

「ぼくはウルマスがいれば、あとはなんだっていいよ」

「――ユキ」

結局、迷っていたのは自分だけだったのかもしれない、とウルマスは考えながら手を伸ばした。そうせずにはいられなかった。

(俺だって、おまえがいればいい)

シュエから奪うように抱きしめて、ほっそりしているのにやわらかい身体を抱きしめる。

「ユキ」

ぴんと立ったユキヒョウの耳に口づける。小さいころから慈しんできた、ウルマスにとっては神よりも大事な、愛おしい存在だ。

「本当は――ずっと、一生おまえといられたらって、思ってたよ」

緑色の瞳が熱っぽくまばたく。そっとついばんだ唇は、ほのかな雪の味がした。

＊＊　ユキ　＊＊

夢中で口づけをかわしているうちに、気づくとシュエはいなくなっていた。ユキはウルマスの首すじに腕を回し、ぎゅっとしがみつく。

「ウルマス、二階に行く？」

初めてする口づけは背中がぞくぞくするほど気持ちよかった。弾力のあるウルマスの唇が吸いついてくると気が遠くなるような感覚があり、力が抜けて、もっともっとしてほしくなる。ちゅ、と自分から唇を重ね、ユキはもどかしく身体をくねらせながらも、かろうじて囁いた。

「昨日の夜、寝てないよね？　本当は寝たほうがいいよね……でも」

「こら、あんまり押しつけるな」

ウルマスは眉をひそめてユキを引き剥がそうとする。だって、と反抗する口が尖ってしまう。

「くっつきたいんだもん。ずっと離れてたから」

「でも、今は朝だろ。俺は眠くないから寝台には入らないぞ」

「……じゃあ、えっと、すぐする？　シュエが言ってた、人間になるっていう」

精を受ける、とシュエは言った。具体的になにをどう受ければいいか、ユキには想像もつかない。

「ウルマスはわかるんだよね、やり方」

「……わかるけど、今はだめだ」

「どうして」

「朝だから」

「……いつならできるの？」

「夜だな。……ほら、いい子だから」

唇をもう一度ついばんで、ウルマスはやんわりとユキを遠ざけた。

「まったく、身体だけ大人になっても中身は子供すぎるな。——だんだん不安になってきたぞ、俺は」

ため息まじりに見つめられて、ユキも少し心配になる。

「知らないと大人じゃないの？　だったら教えてくれたら、なんでも覚えるよ。大人じゃないと、絆の契りは結べないもんね。花嫁になれないもの」

抱きつきたいのをこらえてウルマスの袖を摑むと、彼は思案するようにユキを見つめた。顔や身体をひととおり眺めて、ちいさくため息をつく。

「ひとつずつにしよう、ユキ。順番に教えるから、練習して……だめだと思ったりいやだと感じたりしないか、確かめていったほうがいい」

「いっぺんには、覚えられないことなの？」

湿っぽい風が吹き込んだように、わずかな不安が肌を撫でた。ついさっき、ウルマスに抱き寄せられたときはたしかに心が通じあったと思ったのに、抱擁と口づけが解ければ、浮かれたままではいられない。

ウルマスは両手でユキの腕を撫でた。

「一度にやったら、間違えるかもしれないからな」

手を優しく摑まれて、もう一度首筋へと導かれ、ユキは戸惑って耳を上げ下げした。ウルマスは唇をついばみ、独り言のように呟く。

「神の世界と人間の世界の時間の流れ方がちがうなら、神様のユキは成長が遅くても当たり前だよな。……とすると、本当に大人って呼べるのはあと何年かかかるかもしれない」

「そんなことないよ。あっちの世界に一回行けたんだもの、もう大人だってことでしょ」

「身体はな。——ここととか」

するっと股間を撫でられて、ユキは息を呑んだ。意識していなかったが、そこは硬くなって盛り上がってしまっている。敏感な部分をウルマスの大きな手が包み込んで、布越しにさすった。

「っ……さ、さわらない、で」

「いやか?」

「いやっていうか、は、恥ずかしいから」

逃げようと思うのに、どうしてか、ウルマスの首にしがみついた手が動かない。こすこす、と刺激されるのにあわせてひくんと腰が動いてしまい、その反応はやっぱり恥ずかしかった。

「お、大人ならみんな出るって言ったけど……これ、恥ずかしい、よ……」

「恥ずかしくて正解だ。普通は、こんなふうに硬くなってるのとか、白いのが出るところを他人には見せないからな。——見せるのは、絆の契りを結ぶ相手だけなんだ」

「こ……恋人、ってこと?」

「どっちかっていうと、夫婦だな」

「夫婦……っ、ぁっ」

ウルマスは教えてくれているのだ、とわかっているのに、ともすると彼の言葉よりも、手の動きに意識が行ってしまう。根元からすくい上げるように持ち上げられて揺すられると、陰茎だけでなく股間の奥のほうまでむずむずした。

「は、ぁっ……ウルマス……っ、なんか、へんな感じ、がする……」

「白いの、出そうか?」

「——ん、……う、んっ」

前に自分でしたときよりも、おなかの奥まで痺れたみたいだ。もっと強くこすってほしくて、動きをとめたウルマスの手に、無意識に押しつけた。そのままひくひくと尻を動かすと、ウルマスは服をかきわけ、腰の紐をほどいて下衣を引き下げた。

「っぁ、……っゃ、」

ぷるん、と勢いよく飛び出した陰茎の先が濡れていて、身体中が熱くなる。見たこともない角度に反り返ったむき出しのそれを、ウルマスは右手でしっかりと摑んだ。

「人間になりたいんだものな。俺に、見せたいだろ？」

こわいくらい低い声だった。見せるのは絆の契りを結ぶ相手、つまりは夫婦だけだと教えてもらったのだ、と思い出して、ユキは夢中で頷いた。

「うんっ……見て、ウルマス……っ」

「――ほんとは飲んでやりたいけど、念のため、自分の腹にかけてみな」

ウルマスは耐えるように眉を寄せている。よくわからないまま何度か頷くあいだにもきつくしごかれて、ユキは身体をこわばらせて達した。いつになく勢いよく溢れた白濁が、白い雪神の服に飛び散る。

はあはあと荒い息だけが室内に響いた。ウルマスはそっとユキから離れた。

「上から、服を取ってくる」

「……う、ん」

ぺたんとその場に座り込んで、ユキは階段をのぼっていくウルマスを見送り、それから汚れてしまった服を見た。

(……そっか。この白いのが、シュエの言ってた『精』なんだ)

だからウルマスは触らなかったのだろう、と気がついて、急いで服を脱いで丸める。ウルマスについてしまって、ウルマスが神様になったら困る。神様のウルマスもきっと素敵だけれど、でも。

(ぼくは、こっちの世界のほうが好きだもん)

ウルマスの凛とした雰囲気だって、人間の世界が似合っていると思う。

座り込んで下敷きにした下衣もまとめてかまどに放り込むと、ウルマスが戻ってきて、わずかに眉を寄せた。

「そんなすっぱだかで……風邪ひくぞ」

「早く着替えたかったから。――これ、ぼくの服だね」

手渡されたのは見覚えのある服一式だ。上着をかぶってウルマスを見上げると、彼は懐かしむように目を細めた。

「捨てられなかったんだ。……おかえり」

「――ただいま」

短い、懐かしいやり取りに熱いものが胸の奥からこみ上げて、ぎゅっとウルマスに抱きつく。離れたくない、と飽きることなく思い、そうだもういいんだ、と泣きたくなった。

もう離れなくてもいいのだ。

シュエの許しももらって、ウルマスも一緒にいたいと言ってくれて――特別な相手にしか見せない行為も見せたから。

(ウルマス。ぼくはもう、ウルマスのものだよね)

遠からず絆の契りを結んで、「お嫁入り」するのだ。嬉しくて嬉しくて、ユキは何度も身体をすり寄せた。


「へぇえ、そう。ユキがお嫁さんにねえ」

今年一頭だけ生まれたヤギの赤ちゃんとそのお母さんヤギとを見守りながら、リッサは手近な花を摘む。いっせいに咲きはじめたサクラソウは、枯れ草とごつごつした岩の中で、あざやかな青や紫に輝いていた。

「あ、シリン、そっちにもあるわ、見逃さないで」

「ちゃんと摘むよ、大丈夫。――僕も驚いたよ、ユキが兄さんと絆の契りを結ぶことになるなんて」

「絆の契りをただ結ぶんじゃないんだよ。ぼくがウルマスに、お嫁入りするの」

人間になるにはそうしないとだめなんだ、と言いたくなるのを、ユキはぐっと呑み込んだ。神ではなくなることは村人には言うな、とウルマスに口どめされているのだ。村のみんなはユキに神様としての奇跡、ご利益を期待している。ユキがいなくてもシュエたちがきっといいように取り計らってくれると思うのだが、みんながっかりするだろう、ということはよくわかったから、ユキはおとなしく言いつけを守っていた。

かわりに、会う人全員には言うことにしている。ぼくはウルマスにお嫁入りするんだよ、と。

「はいはい、ユキのほうがお嫁さんなのよね。よかったじゃない、長年の願いが叶って」

リッサは赤毛に結んだ飾りを揺らして笑った。からりとして朗らかな笑い方だったが、ユキの胸はちくりと痛む。

もしかしたら、リッサは寂しいんじゃないだろうか。

リッサからウルマスを取ってしまったのだとしたら——申し訳ない、とは思う。

不安が伝わったわけではないだろうが、リッサは草をはむヤギへと目を向けて呟いた。

「寂しくなるわねえ。同い年で誰とも契りを結ばないのは、とうとうあたしひとりね」

しみじみとした声にユキは俯いた。リッサのほうは吹っきれたように、シリン、と声をあげて呼ぶ。

「岩陰を見てみて。そっちにもミヤマヨモギ、生えてる？」

「うん。芽を出して三日ってところかな。……ちょうどユキが帰ってきた日だね」

「それじゃ、そろそろ山に登ってもいいころね。春の薬草が採れるわ。――シリンも詳しくなってきたじゃない？」

シリンが摘んできた芽をかごで受け取りながら、リッサはにんまり笑った。

「あんた本当に今年は街に下りないつもりなの？　あっちで結婚して戻ってくる気だったんでしょ」

「いずれは、ってことだよ。すぐに結婚しようなんて思ってないってば」

赤くなってシリンは腰にさげた竹製の水筒をあけた。ひと口飲んで、緑が目立つようになってきた岩場を見渡す。

「去年、村が大変そうだったから、今年はどっちにしても村に残って手伝うつもりだったんだ。先生の紹介で入れた学校は、一年目はお金がかからないけど、二年目からは授業料も払わなきゃいけないし」

「街で働いて貯めたお金は村のために使っちゃったんだものね。カッツァル、助かるってみんな言ってたわ」

ユキは申し訳ない思いで二人の会話を聞いていた。

ユキのいない一年半あまりの被害は、予想よりずっとひどかった。天候不順で実りに恵まれないだけでなく、貴重なカッツァルが嵐の夜に行方不明になってしまったり、狼が出てヤクが襲われたりしたのだ。

「ごめんね。シリンが街に戻れないのも、ぼくのせいだね」

肩を落とすと、シリンは隣に座って抱きしめてくれた。

「仕方ないよ、悲しかったんでしょう？　兄さんから少しだけ聞いたけど、僕はユキが帰ってきてくれれば嬉しいもの。先生の家で住み込みで働かせてもらうから、一緒に暮らすわけじゃないけど、またこうやって過ごせるようになってよかった」

「……シリン」

「雪神様が兄さんのお嫁さんになるなんて不思議な気分だけど、これからもよろしくね」

にこ、と微笑まれて、ユキは胸がいっぱいになって頷いた。横目で眺めていたリッサが大きく伸びをする。

「あんなにひ弱だったシリンがこんなに立派になるんだものね。あたしも年を取るわけだわ」

「リッサは誰とも、絆の契りを結ばないの？」

シリンが彼女を振り仰ぐ。どきりとしたユキをよそに、リサは屈託なく笑った。

「あたしは決めた人以外とは、添い遂げたくないの」

「リッサがそれでいいなら、僕はかまわないけど」

シリンも複雑な表情で、ユキはそっと尻尾を握った。

(決めた人……って、実はウルマスだったり、しないよね)

以前は、リッサの心に住むのは、死んでしまった人とか、遠くに離れている人なのかと思っていた。けれど、現実にはそばにいるウルマスも、決して結ばれない相手だったのだから、シュエとウルマスの約束をもしリッサが知っていたら——待っていた、ということだって、あるのではないか。

ちゃんと確かめて、ごめんね、と言ったほうがいいだろうか。こういうことは、謝るのも変な気がするけれど。

悩んでいるうちに、ぽんぽんとリッサが手を叩いて促した。

「さあ、もうちょっと花を摘んでちょうだい。去年は採れなかったんだもの、今年は染料にも使いたいの。さっさと集めて、お昼までには村に戻るわよ」

「みんな待ち構えてるだろうね」

シリンはくすくす笑って腰を上げた。ユキのおかげで毎日ご馳走(ちそう)よ、と弾んだリッサの声を聞きながら、ウルマスに聞いてみよう、とユキは決めた。

リッサの気持ちのことや、謝る以外にユキにできることがあるか、ウルマスなら知っているかもしれない。

(大人として知ってなきゃいけないことを知ってるんだもん、わかるよね)

下手にリッサに尋ねて傷つけてしまうよりは、と考えて、ユキはちょっと赤くなった。

ぼうっと唇が熱くなるのは、今朝も口づけたせいだ。ついでに昨晩たくさん触られた尻尾の付け根もじんわり熱を帯びてきて、慌てて振り払う。

あんなふうにあちこち触って、変な声が出てしまうまで気持ちよくなるのも、大人になるために必要なことだなんて、今までちっとも知らなかった。気持ちいいのになんだかもどかしくて、せつない感じがして泣きたくなるのだ。涙ぐんでしゃくり上げたら、まだ早かったな、と言ってウルマスはやめてしまったけれど——中途半端で放り出されたようで、しばらく落ち着けなかった。

リッサやシリンはあの変な感触を味わっても平気なのかな、と二人に目を向け、ユキはもう一度頭を振った。今は花を摘む仕事をしているのだ。

(早く戻って、ウルマスに会いたい)

村に戻るには、リッサが満足するくらいたくさん花を摘まなくてはならない。

幸い、いつになくたくさんサクラソウは咲いている。ユキは腰をかがめて摘み取った。

三人で手分けして一時間で、大きなかごに溢れそうなほど収穫できて、ヤギを連れて山を下りる。村の道が見えてくると、見張っていたのか、村人がひとり、大きな声をあげて中心部のほうへと走っていった。

「帰ってきたぞー!」

ユキはシリンとリッサと、顔を見あわせた。リッサがにんまりする。

「やっぱり待ち構えてたわね。おなかもすいたし、ご馳走が楽しみ」

「……もう三日も経つんだから、ご馳走じゃなくていいのに」

「みんなそれだけ嬉しいんだよ。村長が一週間はお祭りにするって決めたんだから、ユキはおとなしく歓迎されておかないと」

シリンも穏やかに笑ってそう言ってくれるが、ユキとしては居心地が悪い。貴重な食料なのに、昼も夜もたっぷり食事が振る舞われて、無駄にしてしまっているようで申し訳なかった。

かごに入った花はいったんリッサの家に置き、村の中心の広場に向かうと、のどかな春の日差しの下、子供たちがはしゃいで踊りまわっていた。木の下にはござが広げられ、低いテーブルが並んでいる。

「ユキ！　ご苦労だったねえ」

気づいた人々が満面の笑みになって、ユキたちを迎えてくれた。手を引く勢いで座らせてくれ、クリームを入れたお茶を振る舞ってくれる。礼を言って口をつけるあいだに次々に料理が並べられ、ユキは目を丸くした。

「すごい、ほんとにお祭りみたい」

ふわふわに膨らんだミルク入りの卵焼き。鶏肉の香草煮込みに、たっぷりの炊いた米。

丸めて揚げた小麦とチーズ。橡餅は甘く煮た豆と一緒に盛りつけられている。

買わないと手に入らない砂糖を豆に使うのも、卵とミルクを混ぜて焼くのも、夏や秋のお祭りのときくらいだ。

「本当もなにも、お祭りなのだからね。山に登って疲れたろう。今日もお茶でいいのかい？　酒も用意してある」

「お酒は、みんなで飲んでください。ぼくはお茶が好きだから」

「なら、お茶は好きなだけ飲んでいいからね。さ、シリンもリッサも、一緒におあがり」

村長自ら皿に盛りつけて手渡してくれ、ユキは戸惑って尻尾を揺らした。

「あの……歓迎してもらうのは嬉しいけど、こんなにたくさん食べてしまって、夏や次の冬に困らない？」

「大丈夫だよ。今日も下の森で鹿が獲れたんだ。上の集落にも聞いてきたが、この三日ですっかり草木も伸びてきている。青羊の群れも現れたし、この分なら夏も秋も、もちろん冬も心配はいらない」

「青羊が出れば狼もこっちには来ないしねえ。ほんとに助かるわ」

貫禄のあるお隣の奥さんがお茶のおかわりを注ぎ足して空をあおいだ。淡くあたたかな水色は春特有の空色だ。わずかに白い雲が浮かび、小鳥の影が舞った。つかのま、みんなが黙り込むと、岩や灌木のあいだを飛びまわる鳥たちの囀りが聞こえ、それを乗せて穏やかな風が吹き下りていく。空気は乾いてぬくもりを帯びている。春そのものの天気だった。

「先週まではどうなることかと……」

誰かが呟いて急に涙声になり、すすり上げるのが聞こえた。見れば年かさのがっしりした男性が腕で顔をこすっていて、ユキはまた申し訳ない気持ちになった。大人があんなふうに泣くほど、一年半以上も不安な思いをしたのだ。

晴れたのはユキの力というより、なんとなくシュエのおかげな気がする。あるいは、ユキが泣きやんだせいなら、ウルマスのおかげだ。一方で、不安にさせるほど雨や雪ばかりにしたのは、明らかにユキのせいだった。にもかかわらずこうしてもてなされるのは心苦しい。

ミルクの甘みが優しいふわふわの卵焼きは、お祭りのたびに楽しみにしていた好物だけれど、嬉しさよりもいたたまれなさのほうが大きい。

「さあさあ、しめっぽくせんで。せっかくのお祝いじゃ、楽しく飲むことじゃ」

老人が陽気に声をあげて、そばにいた若い女性たちがいっせいに鈴を鳴らした。声をあわせて歌いはじめるのにつれ、子供たちがまたはしゃぎはじめる。

村長はユキの隣に座り、「もっとお食べ」とすすめてから、子供たちに目を細めた。

「あの子たちもすっかり楽しそうだ。去年は新しい赤ん坊が生まれなかったから——今年は無理でも、来年はたくさん生まれるといいんだがなあ」

「なあに、大丈夫でしょう。ユキがいるんだ」

近くの村人が酒を片手に、気楽な笑い声をあげた。

「今年あたりはほれ、シリンもいい人を連れてくるんじゃないかい？」

「僕にはまだ、そんな人はいませんよ」

シリンが苦笑いして首を横に振る。のんびりしてもらっちゃ困る、と村人は言い返した。

「兄さんが神様を嫁にもらうんじゃ、子供は期待できんから。シリンが頑張ってくれんとね」

「子供は村の宝だからなあ。末長く繁栄していくには、生まれてくれなくちゃ困るのさ」

「ユキが女の子だったらねえ」

半分笑いまじりにお隣の奥さんが言って、ユキははっとして振り返った。

「ぼくが、女性のほうがよかった？」

「ああ、いいんだよユキ。雪神様はみーんな美しい男性と決まっておるものだ。スニタも、よけいなことは冗談でも言わないでおくれ」

村長が慌てたようにユキに微笑みかけた。あらだって、と奥さんは悪びれない。

「惹かれあう同士が結ばれるのはいいことよ。でも、男性は嫁とは言わないでしょ」

「……そうなの？」

ユキはびっくりして目を見ひらいた。

「じゃあ、ぼく、お嫁さんになれない？」

「普通はね、絆の契りを結ぶ男女の、女の人のほうをお嫁さんって呼ぶのよ」

「なれる、なれるとも。役割としてなら結ばれたふたりのどちらかを嫁と言ったっておかしくないいんだし、ユキは神様だからね」

村長が慌てたように取りなす。スニタもにっこりした。

「わたしが言いたいのはね、ユキが女の子で文字通りお嫁さんだったら、子供が見られたのに残念だってことよ。ウルマスとユキの子供ならきっと可愛いでしょう。見たかったと思うのが人情ってものよ」

「ユキ、気にしないでおくれ。ユキがこの村にとどまって、我々とともに暮らしてくれるというのは、みんな本当に歓迎しているんだ。子供を作れない絆の契りだとして、いけないことはなにもないとも」

「そうそう。お医者様のとこだってそうだし、猟師のヴァレリーたちもそうなんだもの。ユキがお嫁入りしたいって言うんだから、お嫁さんでいいじゃない」

リッサが鶏肉を頬張りながら肩を竦めた。

「なにより、絆の契りを結べるような相手がいることが幸せでしょ。祝福してあげなきゃ」

「あら、わたしだって祝福してないわけじゃないわ。この村ではたとえ同性でも、絆を大事にするのは素晴らしい伝統だと思ってる。でもね、みんながみんな、同性の夫婦ばかりになったら、村が終わってしまうでしょ」

「だからシリンに頑張ってもらうのさ。なあ、シリン」

「そうですね。素敵な人がいるといいんですけど」

シリンがやんわり取りなすように笑ってくれる。ユキはもともとなかった食欲がさらになくなって、そっと木さじを置いた。

よくわからないけれど、男性でも、「嫁入り」はできるのだと思う。シュエはできない方法を教えるくらいなら、できない、と言うはずだ。けれど——。

なにも知らずに恋をしていたころから、リッサは一度も否定的なことを言わなかった。絆の契りは特別な相手と結ぶもので、男女で夫婦にならなければならないわけではないと、シリンも教えてくれた。だからウルマスを好きなことにも、なにひとつ疑問を抱かなかったけれど——見まわせば、たいていが旦那さんと奥さんの組みあわせで、子供がいる「夫婦」であり「家庭」なのだ。

（そうだよね。スニタが言うとおり、子供がひとりも生まれなかったら困るもの）

下の街には何千人も人が住んでいるというけれど、村にいるのはたった二百人ほどだ。子供が生まれるのもおめでたいことで、生まれた家には大勢でお祝いに行くのが習わしだ。十一日目の名づけの日も、全員で祈るのだ。新しい尊い命が生まれてきたことを感謝し、恵みの多い人生であることを願って。

婚礼の儀式でも、寺院で神様に報告を終えた二人が村を歩いて、みんなから祝福を受けるのは——いずれ尊い命をさずかるのを願う意味もあるのだろう。

ユキも何度も、子供ながらにお祝いや祈りの席には参加してきた。家族をさずかった両親は、誰もが誇らしく晴れやかな表情だったのを覚えている。

（……ぼく、女性じゃないもんな……）

シュエに確認したことはないけれど、たぶん子供は産めないだろう。神様のままならもしかしたらできるのかもしれないが、ユキは嫁入りすれば人間になる。

黙ってしまったユキの顔を、村長は気遣わしげに覗き込んだ。

「落ち込むことはないんだよユキ。スニタは子供好きだからああ言うが、村の人間は誰も、ユキとウルマスが結ばれることは反対なんかしていない。むしろ、よく決心してくれたと、お礼を言いたいくらいだ。ユキがこの村を好きでいてくれているということだからね」

「喧嘩（けんか）したら大変ね」

リッサがいたずらっぽく口をはさみ、村長は困り果てたように「こら」と言った。

「どうしてそう、ユキが気にするようなことばかり言うんだ。せっかくこうして滞在してくれて、天気だってこんなに美しくて、みんなを幸せにしてくれているのに」

「大丈夫よユキ、ウルマスと喧嘩したら、またあたしが相談に乗ったげる」

「まあリッサ、あなたはひとのことより、まずは自分のことじゃないの？」

呆れたようなスニタにリッサが「あたしはいいのよ大人だもの」と言い返して、シリンがまあまあ、と諌めはじめる。変わり者のリッサをスニタは心配しているのだが、リッサにとってはありがた迷惑らしい。

前にもよく見た日常の光景なのに、いつものようなくつろいだ気持ちにはなれなかった。ため息をつきたい気分で自分の身体を見下ろす。

もし村中に反対されたとしても、ユキは絶対にウルマスと一緒がいいけれど——ウルマスは、子供がほしい、と思ったりはしないのだろうか。みんなに祝われて晴れ晴れとして、愛しい我が子を抱きしめ、育てていきたいと考えたり……心の奥では、しているのだろうか。

ユキはうずうずしてきた尻尾を前に回して、きゅっと握った。うさぎのぬいぐるみは結局、二階の窓辺に飾ってある。外に出かけるときになくしたくないから持ち歩いていないのだが、持ってくればよかった、と後悔する。あれなら、ウルマスのにおいが嗅げるのに。

（大丈夫だよね。ウルマスも、ユキと一緒がいいって言ってくれたもの。あれって、大好きっていう意味だよね）

口づけだってしてくれるし、昔のようにしっかりと抱きしめて眠ってくれる。大人になるのに必要なことだって、少しずつ教えてくれて、ちゃんと優しい。シュエが言っていたいない。

「精を受ける」行為はまだだけれど、再会し、そばにいたいと告げてから三日しか経っていないのだ。

村長も祝福すると言ってくれているし、男性同士だって絆の契りが結べないわけではない。

内心でそう言い聞かせていると、リッサが笑って背中を叩いた。

「ほら、愛しの旦那様が来たわよ」

「ウルマスが？」

ぴん、と耳が立った。村の入り口にある境塔の方角から広場へ続く道を、ウルマスが歩いてくる。数人の男女と連れ立って、手にした枝には魚がぶら下がっていた。

「ウルマス！」

待ちきれなくて立ち上がり、駆け寄っていくユキを、村人たちは微笑ましげに見守る。ウルマスは凛々しい表情をやわらげて飛びつくユキを受けとめてくれ、しっかり抱きしめられると安堵のため息が漏れた。

「おかえりなさい、ウルマス」

じっと見つめて頰に口づけても、もう怒られない。たった数時間だろ、と笑いつつ頭を撫でてもらって、ユキはふんにゃり笑った。

大丈夫。ウルマスはユキを、好きでいてくれる。

「ッ、……ん、ぅっ……ん……っ」

苦しくて、ユキは背中をしならせた。きつく枕を握っても、下半身の違和感とぞくぞくするような感覚は楽にならない。待って、と口走りそうになって唇を噛むと、涙で目が潤んだ。

「少し休もう」

じっと見つめていたウルマスが、ユキの中に入れていた指を引き抜く。

「……へいき。続けて」

ほとんど表情の変わらないウルマスだが、落胆しているのは明らかだった。

「指……三本、入れられないとだめなんでしょ？　今日は、二本、頑張るから」

「昨日も一昨日(おととい)も、二本入れたら泣いただろ。こわいって」

「だから、今日はこわくないかもしれないでしょ」

やめられてしまいそうで、ユキは両手をウルマスに差し伸べた。ユキは裸だが、ウルマスは服を着たままだ。その首筋に抱きついて、お願い、と頼む。

「少しくらいは、我慢できるから」

「──わかった。やってみよう」

短いため息をついたウルマスはユキを抱きしめて、静かに横たわらせてくれる。身体を重ねて口づけ、肌を撫でてもらうのは気持ちよかった。

「ん……ふ、……っ、ぅ、んっ」

眠くなってしまいそうな心地よさは、けれど胸に触れられるとちがう感覚に凌駕されてしまう。腹の一番深いところから熱が染み出す、落ち着かなくなる感覚だ。指先で転がされた乳首が痺れたようにむずがゆく、我慢できずに身体がくねる。

「ぁ、……っ、は、……ぁっ、ウルマス、……っ」

「気持ちよくなってるか?」

休みなく乳首を捏ねながら、ウルマスが囁く。ユキは半端に首を振った。

「おなか……っ、おなか、熱い、んんっ」

「感じてるな。ちゃんと勃ってる」

口づけを繰り返し、右手をユキの股間に這わせたウルマスが、そこを握った。びくん、と腰が跳ね上がり、思わず「いや」と声が漏れた。

「さ、さっきも、出した……っ、また、出ちゃうから……ぁっ」

「出してぐったりしたくらいのほうが、後ろもやわらかくなるから」

「でもっ、ぁ、……っ、く、……ぅ、んッ」

むき出しの花芯の先端を、ウルマスの指先が執拗なほどいじる。硬くなって勃ち上がるとこすってほしくなるし、びゅっと精を吐き出すのはたしかに気持ちがいい。でも最近は、出す前や出したあと、下腹の奥のほうが、ねっとりとうごめくような錯覚がするのだ。ユキはそれがこわかった。

重たくて、どこか後ろめたい、甘ったるい快感。達したら終わりのはずなのに、もっと深い、ちがう快感を求めるように、なにかが貪欲な口をひらいている気がする。まるで身体の奥底に眠っていた、ちがう自分が目覚めるかのようだった。

それが人間へと変化する予兆なのか、それともひどく悪いことなのか、ユキにはわからなかった。経験したことがない欲求なのに、浅ましい気がして、ウルマスに聞いてみることもできない。

シュエなら知っているだろうか、と必死で考えようとしても、快感は薄まらなかった。抗えない刺激に性器はどんどん反応し、透明な蜜をこぼすと、ほどなく全身を快感が突き抜けた。

「ぁ……っ、……ッ、……は、……っ」

震えながら吐精するのを、ウルマスが慣れた手つきで布で覆って受けとめてくれる。ユキはぼんやりと脱力し、彼が両脚を押し広げるのになすがままになる。さっきも触れられた後孔に、唾液と精油で濡れた指が触れてくる。くにゅくにゅとすぼまりの襞を揉み、中へと差し込まれてくるのは中指だ。一番長い指。

「……ふ、……くぅっ、ん……っ」

「息はつめるなよ。――ちゃんとやわらかいんだがな」

真剣な顔で、ウルマスはユキの体内を探る。ユキに大人になる知識を教えるため――ひいてはユキをお嫁さんとして迎えてくれるために、彼も一生懸命なのだ、と思えば、ユキだってもっと努力したい。

ふ、ふ、と短く息を吐いて、びくびく腰を振りたくなるのを我慢する。孔がすっぽりウルマスの指を含んでいる感触が妙にはっきり感じられるが、意識するとあのどろりとした錯覚が強まるから、できるだけ意識しないように努めた。

（大丈夫。痛くない、苦しくない……奥がどろどろも、しない……）

それでも、ときおり身体がぴくんと震えてしまう。とくに、我慢できずに声が出てしまうところがあって、そこに触れられるとだめだった。

「ッ、や、ぁっ、ウルマス……っ、そこ、だ、め、……ッ」

「でも、奥がやわらかくなる」

「っも、もうおく、入れていい、から……ぁっ、そこ、やめ……て……っ」

ひくり、ひくりと尻が浮いて、突き出すように動いてしまうのが恥ずかしい。ウルマスはやめずにそこを揉んでくる。いや、とかぶりを振った途端、お湯がおなかの中で弾けるような感覚があって、ユキは反り返って震えた。

「……っ、ぁ、……っ、……っ！」

射精に似た、それよりももっと根深い絶頂感だった。頭の中に甘い水をつめられたみたいに音が遠くなり、じゅわじゅわと下半身が溶けてしまいそうになる。

甘く極めたユキをじっと見つめ、ウルマスは一度引き抜いた指を、二本揃えてあてがい直した。

来る、と思ってもどこにも力が入らず、太いそれがねじ込まれるのを呆然と感じ取る。

「――っ、……は、ぁ、……っ、ん……っ」

ずずっ、と侵入してくる感覚に、ぞくぞくと全身がわななく。昨日もここまでは我慢できた、と思ったが、否応（いやおう）なく感じてしまう場所を指先が通り過ぎ、根元まで埋まると、背筋を得体の知れない痺れが伝った。

「ぁ、あ……っ、ん、……ぅ、……っ」

苦しい。二本になっただけで、指はひどく存在感を増す。腫れぼったい内側の粘膜をこすられると、うなじや耳までびりびりした。

「動かすぞ。ゆっくり出し入れするからな」

励ますようにウルマスが言い、ユキはどうにか頷いた。これを耐えなければ、人間にはなれないのだ。なりたい、と自分で言い出したのだし、こわいのくらいは我慢できる、はずだ。

(泣かない……泣いちゃ、だめだ)

宣言どおりゆっくりと、指がぎりぎりまで抜かれ、くちゅくちゅと浅い場所をいじったあと、また埋まってくる。竦んだ襞をかきわけられ、ユキは腹の奥で熱が渦巻くのを感じた。

ほしい。ぐずぐずにぬかるんだ一番奥を、ぐちゃぐちゃにかきまわされたい。花芯の先をくじるみたいに、疼く腹の中をたっぷり刺激されたい。

いっそ身体を貫く勢いで、激しくしてほしい。

嵐の前のように不穏なその欲が膨れ上がり、ユキは悲鳴のようなか細い声を上げた。

「……ぁ、……ああっ、……あ、ん、ぅっ」

「ユキ――」

ウルマスの顔がこわばる。ユキは必死に頬を拭った。

「ごめん、なさ……っ、泣かない、から……っ、ん、ぅ……っ」

たまらなく身体の芯が熱い。やめてほしくない。でも、気持ちがいいのにまだ足りないかのような激しい欲望のせいで、涙がとまらなかった。

「ひ……ぅっ、……ん、ぅっ……」

気持ちいい。ほしい。おかしくなりそう。否――とっくに、おかしくなってしまったのかもしれない。自分でなにひとつ制御できないのがこわい。

「少しは我慢できるんだろう？」

ウルマスは中で指を動かした。かるく引き、ずんと突き上げるように勢いをつけて入れてきて、かあっと眼裏が赤く染まった。

「ッ、や……ぁっ、……ッ、あ……ッ、ああっ、ん、ぁあ……っ」

腰だけちがう生き物になったように、けだものめいた動きでウルマスの指を受けとめる。ぬちゅぬちゅという音にさらに涙がこぼれ、夢中で身をよじった。

「あ、ぁ、……も、……ウルマス……っ」

変になってしまう。全身甘い水で満たされて、ぐらぐら揺れて、煮えたぎったお湯より熱くて、疼いて——どろどろに、溶けてしまう。

ウルマスはもう一度指を抜き差ししようとしたものの、結局眉を寄せると目を伏せ、黙って指を抜いた。

「ふぁっ……、あ……っ」

（どうして、ここでウルマスはやめてしまうんだろう）

ユキが泣いてしまうせいだろうとは思うけれど——気にしないでほしい。もっと激しくされたって我慢できるから。

寂しくそう思ったが、大丈夫、と言ってもウルマスが取りあってくれないのは、よくわかっていた。

体内から指が出ていっても、欲望だけは尾を引く。諦め悪くすぼまりが息づき、ユキは横倒しになって背中を丸めた。枕元に置いてあったうさぎのぬいぐるみごと膝をかかえると、ウルマスは背中側に寄り添って頭を撫でてくれた。

「こわい思いをさせて悪かった」

「……やめなくても、よかったのに」

「いいんだ。俺も、少し急ぎすぎた」

穏やかにウルマスは慰めてくれるが、全然、急いではいないのだ。戻ってきてからすでに四か月。

もう九月も半ばを過ぎて、稲の刈り取りや家畜のための干し草づくりが終われば、秋祭りがあって、冬がやってくる。

ユキだって、遅くとも夏には人間になれると思っていたのに、精を受けるどころか、その前の大人として必要な行為に慣れることさえ、満足にできないとは思わなかった。

「明日は、もっと頑張るね。人間になりたいって言ったの、ぼくだもの」

ようやく、あのいたたまれない欲が静まってきた。ほっとして力を抜くと、ウルマスが低く「いや」と言った。

「明日からは、少し休もう」

「……どうして？　ぼくなら平気だってば。ちゃんとやろうよ」

慌ててウルマスのほうに身体を向ける。ウルマスはユキを抱き寄せてくれ、頭を抱えるようにして口づけた。

「十日くらい毎日して、疲れただろ。昼間もやることが多い時期だから、無理しないほうがいい」

「でも――」

それではなかなか人間になれない。人間になれないでいるせいか、いまだに絆の契りも結べていない。着飾って婚礼の儀式を行うことも、みんなに祝福されることもなく、ただ普通に暮らしているだけなのだ。

「急がなくても、時間ならいっぱいあるだろ？　いい子だから、もう寝な」

「……わかった」

明日もして、と言うのは簡単だ。でも、日中が忙しいのは事実だった。ユキよりもウルマスのほうが大変なのだ。畑の世話や大麦の刈り取り、家畜の世話、山での採集に狩り。新しい家を建てたり壊れた道を修復するのにも夏が一番いいから、若くて力のあるウルマスは毎日朝早くから日暮れまで働いていた。一息つく間もなく秋の仕事がはじまって、三か月以上もウルマスは働きどおしだった。

（……ぼくよりウルマスのほうが疲れてるはずだもの、それで休みたいのかも）

絆の契りをいつ結ぶのか、いっさい話に出ないのも、忙しいせいなのだろう。疲れて帰ってきて、夜はいつまでも慣れないユキの相手では、休みたくなるのも当然だ。

そばにいられればいいもの、と思い直して、ユキはウルマスの胸に寄り添った。頼り甲斐のあるあたたかい身体に手を回し、不安を押し込めて目を閉じる。

(ウルマス……まだちゃんと、ぼくを好きだよね?)

あまりにユキが怯えるせいか、少しずつ夜の練習も消極的になっている——なんて、ユキの気のせいのはずだ。

大丈夫。休んで、次にしたときはもっと我慢できるように頑張ればいい。上手に指を入れてもらえるようになったら、そのあとはきっと「精を受ける」行為をしてくれて、人間になれるはずだ。

(大好き、ウルマス)

一日も早くお嫁入りできますように、と祈りながら、ユキはゆっくり眠りに落ちた。

風が吹き抜けて、甘く爽やかな香りがした。

顔を上げると、庭の片隅に植えられた姫林檎が、いつのまにか実をつけていた。赤い小さな実を見ると、もう秋なのだ、と実感が湧く。

山の春から秋への変化は著しい。雪に埋もれて枯れきった草が芽吹いて岩のあいまが緑に染まったかと思えば、つぎつぎに色あざやかな花が咲き、ばらが咲くころにはミツバチが飛びはじめる。村の家畜だけでなく、山や森に棲む動物たちも可愛い子供が増え、薬草やきのこが採集の時期を迎える。甘く艶やかなばらの実がつけば夏も盛りで、せわしなく働いているうちに葉の緑が黄色を帯びはじめ、秋がやってくるのだ。

めまぐるしいが、美しく楽しく賑やかな三つの季節が、もう終わろうとしていた。

ユキだけが、なにも変われずに取り残されているようだ。

「ユキ、どう？　可愛いかな」

サクラソウをすりつぶす手をとめてぼうっとしていたユキは、リッサの声で我に返った。ウルマスの家の向かいにある、リッサの住まいの裏庭だ。家の中から出てきた彼女が、得意そうに美しい帯を広げてみせた。この国に伝わる花の刺繍が一面にほどこされている。

「わあ、すごいね。とっても綺麗」

「でしょう。図案はあたしが考えたのよ。ばらもノボタンもサクラソウも伝統の模様だけど、あの子が鳥が好きだから、鳥も入れてみたの」

「うん。可愛いと思う。きっと喜ぶね」

あの子、というのはユキやシリンたちより二つほど年上の女性のことだ。ユキがいないあいだに伴侶と絆の契りを結び、ユキが帰ってきてすぐに、身ごもっていることがわかった。子供は生と死の神様の管轄なのに、子供をさずかったことまでユキの手柄みたいに感謝されて居心地が悪かったけれど――よろこばしい知らせはユキだって嬉しい。

身ごもった女性には、母親と子供の安全を祈願して、服を留める帯を贈るのが村の習わしで、リッサをはじめ女性たちはみんな張りきっていた。少しずつみんなで刺繡し、仕上げをリッサが担当して……その帯が、出来上がったのだ。

「大急ぎで作ったから、肩が凝っちゃったわ。ユキ、お茶を淹れてくれる？」

「うん、もちろん」

「村長たちには内緒よ、神様をお茶汲みに使ったなんて」

リッサは茶目っ気たっぷりに片目を閉じて見せる。以前と少しも変わらない彼女のそんな態度が、ユキにはありがたかった。

「神様って呼ばれて大事にされたいわけじゃないから、やることがあったほうがいいよ」

「ただ拝まれてるだけじゃ退屈よね。わかる気がするわ」

家の中に入ってお湯を沸かしはじめると、椅子に座ったリッサは開け放したドアの外に眩しそうな顔をした。

「天気がいいと、時間が過ぎるのってあっというまね。もう秋だなんて……やることがたくさんあるから時間の流れが早く感じるのよね。去年なんて、なにを作っても売りにも行けなくて、退屈だったもの」

「……ぼくも、去年は、長かったかも。神様の国だと時間の流れがちがうから、よくわからなかったけど」

「毎日泣いてたんだものね、寂しがりやの雪神さんは」

リッサは明るく笑うが、ユキは一緒に笑うことができなかった。もう秋だ、と再び思う。意識すまい、と思っても、リッサが自分の隣にかけた祝い帯へと目が向いてしまった。

子供は産めないのだから、ああいう美しい帯で祝福してもらうことはできないが——婚礼の儀式ならいつだってできるはずなのに、それさえ、自分たちはまだなのだ。

気をつけていないと笑うどころか、顔が歪みそうになる。

(せめて、どっちかできたらいいのに。絆の契りを結ぶか、ぼくが人間になるか)

昨晩は納得して眠りについたつもりでも、改めて思い返すと、どうしてもっと我慢できなかったのだろう、と後悔ばかりが大きくなる。

こわいくらい気持ちがいいだけで、なぜあんなに、我慢できずに涙が出てしまうんだろう。

(……人間に、なりたいなあ)

急がなくても時間はたくさんある、とウルマスは言うけれど、ユキは不安が拭えない。疑いたくはないし、みんなにまた迷惑をかけるのもいやだ。でも、つい考えてしまうのだ。お嫁さんになるとか、絆の契りを結ぶとか、ユキが望んでいるだけで、ウルマスは乗り気ではないのではないか、と。

ずっと一緒にいたいとは言ってくれた。あの声や抱きしめてくれる腕の力は誤解しようもなく、ウルマスの気持ちがこもっていた。

でもその気持ちが、ユキとは同じかたちじゃなかったら？

好きで、愛していても、子供や弟に対するそれと同じで、契りを結びたいわけじゃなくて——ユキを泣きやませるためにはそれしかない、と考えていた可能性だって、ないとはいえない。

一年半も悪天候に苦しんだ村を救うため、十三年前と同じくユキと村両方のことを考えて、ウルマスが「ずっと一緒にいたい」と言ってくれたのだとしても、ユキは納得してしまう。ウルマスはそういう性格だ。

美しい祝い帯を、もう一度そっと盗み見る。

自分とウルマスが結ばれることは、村人たちも歓迎してくれている。いよいよ契りを結ぶ、となれば、またお祭り騒ぎになって、たくさん祝福してくれるだろう。祝われればもちろん嬉しい。でも——それが、ウルマスの心をともなわないものだったら？

（嫌いじゃなくて、みんなのためにもなるから一緒にいようって言われるのでも、十分幸せなはずなのに……どうしてぼく、こんなに寂しいんだろう）

そもそも、すぐにでも人間になりたい、と考えたのは、こんなふうに不安にかられてまた泣いてしまい、天気に悪影響を及ぼさないためだったのだが。

こわがってても怯えてても、ウルマスがもう少し強引にしてくれたら、と考えかけて、あまりの身勝手さに自分でいやになった。夜のことは、ウルマスのせいじゃない。ユキが悪いのだ。

「どうしたのユキ。浮かない顔ね」

くすっと笑われて、ユキははっとして顔を上げた。リッサは頬杖をついて、見すかすようにこちらを眺めていた。

「祝い帯を見てたでしょ。ぼくも早くお祝いしてほしいな、とか思ってる？」

「……そういうわけじゃないよ。ぼく、子供産めないもの、祝い帯はもらえないでしょ」

お茶の入った器を撫でて、ユキは目を伏せた。

「ぼく、絶対ウルマスとずっと一緒がよかったんだ。でも――」

「でも？」

静かに聞いてくれるリッサに、人間にしてもらえないんだ、とは相談できないのがつらい。ユキは考え考えしながら言葉を選んだ。

「どうしてウルマスが絆の契りを結ぼうとしないのかなって考えると、もしかしたらウルマスはいやなのかなって」

「でも、お嫁さんにしてくれるって、ウルマスが言ったんでしょう?」

「……それって、本当にぼくを好きとはかぎらないよね? 特別な、唯一無二の相手としての好きじゃなくたって、ウルマスは『そのほうがいい』って思ったら、ずっと一緒にいようって言ってくれるもの」

「なにを考えたにしても、ウルマスがユキと結ばれるって決めたんだから、あたしは信じたらいいと思うけどな。誰かに決められたことじゃなくて、ウルマスが自分で選んだことでしょ」

「……その選ぶのが、ぼくのためとか、村のためだったら、ウルマスはあんまり幸せじゃないよね?」

そう言って、ユキは自分で気がついた。

ウルマスには幸せでいてほしいのだ。彼が自分以外と添い遂げる幸福はいやだ、とわがままなことを思う一方で——ウルマスには絶対に不幸せになってほしくない。

自分と結ばれてほしい。

でも、それがウルマスにとっての幸せでないなら悲しい。

だから、ウルマスには自分と同じ気持ちでいてほしいのだ。ユキと愛しあうことが、なによりも幸福だと思っていてほしい。

「——ぼく、欲張りだから、やっぱり悪い子だね」

「契りを結ぶ前は誰でも、少し憂鬱になるものらしいわよ。契りの憂鬱って言ってね、それで延期する人たちもいるくらい」

リッサはユキの手を優しく握った。

「考える時間があるのは悪いことじゃないけど、考えすぎて一番大事なことを見失ったらもったいないわ」

「――うん」

じわりと目の奥が熱くなった。せつない気持ちでリッサを見つめる。

「リッサは、ぼくがウルマスと結ばれるのはいいことだと思う？　いやだなって、思ったりはしないの？」

リッサもウルマスを好きなのでは、という疑いはまだ心の片隅に残っている。けれどリッサは明るい笑い声を上げた。

「いやなわけないじゃない！　素敵なことだと思うわ。神様と愛しあうなんて、ウルマスもやるな、って感心しちゃうもの」

「……神様と」

「ユキは小さいころから見てるから、ときどき神様だって忘れそうになるけどね」

リッサは立ち上がるとぽんぽんとユキの頭を撫でた。

「あたしは祝い帯を届けがてら、お医者様の家に行ってくるわ。料理を手伝って、四人でごはんを食べることになってるの。ユキもそろそろ、ごはんの支度をする時間じゃない？」

「……うん。シリンたちによろしく」

立ち上がったものの、ショックで足元がふらつきそうだった。

(神様と、契りを結ぶから——なんだ)

思い返せばさんざん、村人たちからも言われた。神様がこの村に来てくれて嬉しい。ウルマスが神様と契りを結ぶなんてありがたい。ユキは神様だから、子供が産めなくてもいい——どの言葉を思い返しても、みんなが喜んでくれたのは、ユキが雪神だからだ。

もしかしてそのせいでウルマスは、ユキを人間にしようとしないのかもしれない。

だったら嫌われているわけではないけれど——。

(ずっとずっと一緒にここで暮らしたら、いつかは人間になっちゃうと思うけど……それって、どれくらい時間がかかるのかな)

リッサと一緒に彼女の家を出て、手を振って見送り、ユキはとぼとぼと向かいの家に戻った。

いつもの手順で保存してある肉を切り、野菜や豆と炒めてスパイスを加え、スープを作る。今年はわずかに栽培している米の出来がよく、夏のあいだに山で採れた様々な恵みを売りに行くこともできたので、冬も食料に困ることはなさそうだった。米を洗って鉄鍋に入れ、火にかけると、ユキは二階に上がってうさぎのぬいぐるみを抱きしめた。

毎日抱いて寝ているぬいぐるみは、自分とウルマスのにおいがしみついていて、胸に押しつけるとほのかにあたたかい気がした。けれど、いつもは安心できるそのにおいもあたたかさも、今日ばかりはユキを慰めてはくれない。

結局、いつだってユキがわがままさえ言わなければ、迷惑をかけることもなかったのだ。

幼いころ、一緒にいたいと思いつめなければ、ウルマスを何年も縛りつけることも、悪天候をもたらすことはなかった。

わがままを押し通してこちらの世界に戻ってきてからだって、ぬいぐるみを諦めて山に隠れ住んでいれば、ウルマスは今ごろ自由だった。村のためとか、ユキのためとか考えずに未来を決めることができたはずなのだ。

あるいは——ウルマスがユキを特別には愛していなくても、それで十分だ、と受け入れて、同じ村で暮らしながら仲よくしてもらうのでもいい。

どれかひとつ、なにかひとつユキが我慢すればすむ。

(……次、なにかあったら。なにかウルマスに言われたら、ちゃんと言われたとおりにしよう。わがまま言わないで、受け入れよう)

大切に持ったぬいぐるみに頰ずりして、ユキは自分に言い聞かせた。

不安がったり寂しがったりせずに、料理をおいしく仕上げて、ウルマスが帰ってきたら笑顔で迎えるのだ。

よし、と気合いを入れてぬいぐるみを置き、台所で料理の続きにとりかかる。醬でスープの味を整えていると、表でリッサの声がした。

「あらウルマス、おかえり」

帰ってきたのだ、とわかってぴんと尻尾と耳が立った。兄さん、と言う声も聞こえたから、シリンも一緒のようだった。三人は挨拶したあと、なにか会話しているようだが、壁をへだてているせいかよく聞こえない。すぐに向かいの家のドアが開け閉めされる音が聞こえ、ウルマスがこちらに入ってくる、とユキは身構えた。

（にこっとして、おかえりって明るく迎えるんだ）

しかしドアは開かなかった。かわりになぜか、裏庭からぼそぼそと話し声がする。中に入らずに裏庭に回ることもあるから不思議ではないが——話し声がするのは変だ。シリンとなにか話しているのかもしれない、と思ったが、しばらく待っても二人は入ってこない。

十五分ほど経っても入ってくる様子がないので、ユキは不安になって裏庭へのドアに近づいた。あたりはもう暗くなりかけている。数日前から夜はぐっと冷え込むようになったから、話なら、あたたかい室内でお茶を飲みながらすればいいのだ。

どうかしたの、と声をかけるつもりでドアに手をかけたところで、ユキはぎくりと動きをとめた。ウルマスと小声で話す声はシリンのものではない。リッサだ。

ほんのわずかに隙間ができたドアから、裏庭に立つ二人が見えた。リッサが得意げな笑みを浮かべて、両手を広げている。

「じゃあちょっと抱きしめてみて。それでわかるはずよ」

「……そんなことしなくても……」

ウルマスは躊躇(ちゅうちょ)している様子だったが、「いいから」とリッサが促す。

「少しだけ、一瞬だけよ」

「──わかった」

しぶしぶウルマスが手を差し伸べる。両手がリッサの背中に回り、しっかり抱きしめるのを見てしまい、ユキは咄嗟に顔を背けた。

信じられないほど心臓が大きな音をたてていた。隙間からはリッサの声が、残酷なほどはっきりと聞こえてくる。

「あたしは嬉しいわ、ウルマス。あんたの本音を聞いたのなんて、初めてだもの」

「リッサ……」

「大丈夫、きっと全部うまくいくわよ」

慈しむような優しい声音が苦しくて、ユキはよろめいてドアを離れた。ぐつぐつ煮えたスープの食欲をそそる香りが、ひどく場違いな気がした。

──あんなふうに抱きしめるなんて、特別な相手じゃなければやらない。心から愛する人にだけするはずだ。

（やっぱり……ウルマスはリッサのことが好きなんだ）

かまどの前で呆然と立ち尽くしていると、裏庭側のドアが開いてウルマスが入ってくる。

「ただいま、ユキ。……遅くなって悪かった」

どこか気まずそうに聞こえる口調に、ユキは振り返らないまま、精いっぱい明るく言った。

「おかえりなさい。リッサと話してたんでしょ、全然気にしないで」

「――裏で話してたの、聞こえたか？」

遠慮がちな聞き方がざっくりと心を切りつける。スープに気を取られたふりでひたすら鍋を見つめ、ユキは答えた。

「ちょっとだけね。リッサが嬉しいとか、大丈夫って言ってたね。なにか困ったことでもあったの？」

（わがままは、もう言わないんだ。ひとつだけでも、我慢するんだ）

内心で何度も言い聞かせて、泣かないようぎゅっと顔に力を入れる。ウルマスは安堵したようにため息をついた。

「ちょっとな。……たいしたことじゃないから、ユキは気にしなくていい」

「――もう、解決しそう？」

「そうだな。一応は」

「じゃあ、よかったね」

努力して笑みを浮かべ、振り返る。

「ごはん、もう食べられるよ」

「……ああ。ありがとう」

ユキの笑顔にウルマスは戸惑ったような表情を浮かべ、歩み寄ってくる。斜め後ろに寄り添って鍋を覗き、「うまそうだ」と褒めてくれてから、ユキ、と改まった声で呼ぶ。

「もし、俺が――」

「ウルマスが、なに？」

なにげなく聞き返しながら、胸が張り裂けそうだった。続きが予想どおり「俺がリッサと夫婦になりたいと言っても許してくれるか？」だったら、笑ってもちろんだよ、と返して、祝福しなければ。

（我慢、するんだもの）

息をとめて続きを待ったが、ウルマスは小さなため息をつくと踵を返した。

「なんでもない。腹が減ったから、飯にしよう」

「……――うん」

打ち明けてもくれないのか、と思った。

言われれば確実に傷ついたのに、隠されれば寂しいのだから、本当に——自分勝手だ。だだを捏ねる子供のようだ、と考えて、苦い笑みが浮かんだ。

そう、自分はまだ、心が子供なのだ。ウルマスが恋する相手だとは認識できないほど。子供だから俺が我慢しなければ、と考えるほど。

（……もう、大人にならなくちゃ）

傷つけないよう嘘をついて、甘やかして守ってもらうだけでは、昔となにも変わらない。ウルマスのために大人になって——彼の幸せのために、自分は身を引かねばならない。


翌日はシリンとともに山に登った。薬になる冬菊を採るためだ。

「今年はきっと雪が多いね。昨日の夜もすごく寒かったもの。冬きのこもたくさん採れそう」

険しい岩場をなんなく登っていきながら、シリンは楽しげだった。空は久しぶりにどんよりとした雲で覆われ、午後からは雨になりそうな天気だが、彼は気にならないようだ。

「雪が多いのは大変だけど、雪ってたぶんとても大事なんじゃないかなって最近思うんだ。——あ、ほら見て、ユキ。やっぱり、もう咲いてる」

声を弾ませて彼がそっと摘み取ったのは、小さくてごく地味な黄色の花だ。産毛に覆われた冬菊は咳や肺の病を治す薬になるから、街でも高く売れる。

「今日はいっぱい探して帰ろう、ユキ」

振り返ったシリンの笑顔が眩しくて、どうにか微笑んで頷き返した。

朝から、日差しが一度も差さないほどの曇りなのが気がかりだった。大人らしく、悲しいことがあってもただ泣くだけなんてもうしない、と思うのに、心が沈んでいるせいだろうか。昨日まではこんなに天気が崩れる兆候がなかったから、ウルマスたちは米の収穫を急ぐと言っていた。

申し訳なくて、何度も気持ちを鼓舞しようとしているのに、いっこうに天気はよくならない。せめて長雨になりませんように、と祈る一方で、今日はできるかぎりシリンを手伝おうと考えていた。高価な収穫物は、たくさん採れればそれだけ、街でお金にかえて冬の備えを増やすことができる。加えてシリンは来年、街に戻って勉強を続けるための金を貯めようとしているから、早めに冬菊が手に入るのは嬉しいはずだ。

（……シリンはぼくとウルマスのこと、どう思ってるのかな）

ユキが覚えているかぎり、シリンは幼いころから大人びていて、怒るところや大声を上げてはしゃぐところを見たことがない。いつも物静かで落ち着いているのだ。ユキが戻ってきてウルマスと再び暮らすことになったときも、穏やかに微笑んで「よかった」と言ってくれた。安堵の表情は本心からのものに見えたけれど。

見上げても、先に立って登っていくシリンの顔はよく見えなかった。

彼についていて斜面を上がっていくと、少しひらけた場所に出る。その先は崖のように落ち込んだ部分があり、切り立った岩が狭い谷底まで続いていた。

「すごい、こっち側はたくさんあるよ。──村の人が聞いたら、またユキのおかげだって盛り上がりそう」

シリンは笑って水筒を差し出した。ありがたく受け取って、清々しい竹の香りが移った水を飲む。

「……薬草とか、花とか、きのことか、いつもよりたくさん採れるの、べつにぼくのおかげじゃないと思うんだけどな」

「ああ、また気にしてる？」

シリンはおかしそうに目を細めた。

「ユキは小さいときから、自分のこと神様じゃないかもって心配してたもんねえ。でも、意識してなくても、神様だから存在自体がいい方向に作用するってことも、僕はあると思うよ」

「……そうかもしれないけど」

「雪神様は天候を司るから、山の実りにも影響を与えるでしょ。みんなも、いいことがあったからユキに感謝してるだけで、ユキにあれもこれも叶えてもらおうと思っているわけじゃないよ。申し訳なく思ったりしなくていいからね」

いたわるように背中を撫でてくれたシリンは、じっと瞳を覗き込んでくる。

「ユキはのんびりほんわりして、にこにこしててくれればいいんだよ」

「——でもそれじゃ、子供みたいだよね」

「子供みたいにしててほしいわけじゃなくて、大切な人には幸せでいてほしいってことだよ」

ユキが返した水筒を受け取ったシリンはぐっと上を向いて水を飲む。いつのまにか自分より背が高くなって、すっかり大人になったシリンのそんな仕草までが、ユキに引け目を抱かせた。

「それって、ぼくが神様だからだよね」

「え？」

怪訝そうに振り返るシリンと目があわせられなくて、横を向く。

「神様じゃなくなったら、きっと誰も、ぼくを大事になんて思わないよ」

「悲しいこと言わないで。僕だってユキが大事だし、リッサだって同じ気持ちだって、知ってるでしょう？　それに、兄さんはユキを愛してるんだから」

「——愛してるって、絆の契りを結びたい相手にだけ抱く気持ちってわけじゃないもの」

た。

励ます調子のシリンの声に、独り言のように呟きを返して、ユキは先に崖を下りはじめ

自分の親や兄弟や、子供のことだって、愛していると思うものだ。

(ウルマスが恋して、契りを結びたいのはリッサだもの)

斜面の側に腹と顔を向け、ヤモリのように両手両足を使って慎重にくぼみや突起を探り、下っていく。シリンはすぐに追いついた。

「兄さんとなかなか絆の契りが結べないから不安なんだよね。——僕からも、兄さんを急かしておこうか?」

「ううん。いい」

首を振って、結局愚痴を言ったのと変わらないな、と後悔した。不安定な体勢で冬菊を摘み取り、できるだけ明るく微笑む。

「ぼくはウルマスのそばにいられれば十分だから」

シリンは変な言葉を聞いたように眉をひそめた。

「でも、お嫁さんになるって言って、あんなにはしゃいでたじゃない」

「お嫁さんになるだけが幸せじゃないってわかったんだよ。ぼくも、もう大人だもの」

一歩下りて、斜め下の花を摘んで、かごに入れて。

「大人だから、今までみたいにみんなからもらってばっかりとか、してもらってばっかり

なのは終わりにしたいんだ。これはぼくがしたことだって、はっきりわかるようなことを、みんなに返したい」

「ユキはいっぱい、僕たちに贈り物をしてくれてると思うけどな」

思案げな表情でシリンも花を摘む。自分の腰につけたかごに入れ、ユキを振り返った顔には、案じる色が浮かんでいた。

「なにか返したいって思ってくれるなら、兄さんを幸せにしてくれれば、それでいいよ」

「……ウルマスを？」

「兄さん、僕が身体が弱かったせいで、いっぱい心配したり苦労したりしてきたから。村の人だって口には出さなくても、兄さんには幸せになってほしいと思っているんじゃないかな。僕も、しっかり勉強して立派な医者になって、兄さんに安心してもらうつもりだけど、幸せにできるのはユキだけだから」

「……っ」

思いやりに溢れたシリンの眼差しに涙がこぼれそうになり、ユキは唇を噛んだ。ウルマスを幸せにできるのが自分だけだったら、どんなによかったか。

本当にユキにウルマスを幸せにする力があるのなら、ウルマスがユキを人間にしない理由はないはずだ。しないのは、彼の心に住むのがユキではないから。

シリンが慌てて頭を撫でてくる。

「まさか、兄さんと喧嘩でもしたの？」

「喧嘩は、してない」

「じゃあ、どうして涙目なの？　なにかあった？」

兄のように優しくされれば、ユキは打ち明けずにはいられなかった。

「――ウルマス、してくれるって言ったことを、いつまで経ってもしてくれないんだ」

「するって約束したこと？　もう一回頼んでみたら？」

「頼めないよ」

小さくしゃくり上げて、ユキはかぶりを振った。

「もしかしたらウルマスはやりたくないことかもしれないでしょう。これ以上、わがままは言わないって決めたから」

「わがまま……ユキ、兄さんに言ったことある？」

「あるよ。わがまましか言ってない」

流れてしまった涙を拭って、ユキは岩を摑んだ。わずかな出っ張りを頼りに数メートル下まで下りて、むしるように花を摘む。追いかけてきたシリンは辛抱強い優しさで言った。

「僕はユキがわがままだとは思わないよ。兄さんが約束したのがなにかわからないけど、絆の契りのことなら、先送りにする理由はいくつか思い当たるから、ユキが心配することじゃない」

「――絆の契りは、かわさなくてもいい」

摘んだばかりの花を握りしめ、ユキは半ば自分に言い聞かせるために呟いた。

「ウルマスには幸せになってほしいから」

「なら、ちゃんと契りをかわして、ユキとの約束も守ってもらおうよ。――冬菊採るの頑張ろう。きっと兄さんも喜ぶよ」

笑って励ましたシリンは、率先して崖を左へと移動しはじめた。下りてきた場所よりも傾斜が急で、足場も少なく危険な地形だ。細かな砂礫を撒き散らしながらすべるように下りて、シリンは得意そうに振り返った。

「ほら、こっちにはいっぱいある。たくさん採って帰ろうね、ユキ」

冬菊をたくさん採ることと、ウルマスの話がどう結びつくのか、ユキにはよくわからなかった。でも、高価な花はたくさんあるほうがいいに決まっている。村が潤えばウルマスも心が落ち着いて幸せになれる、ということかもしれない。

冬の花が早く咲くのが自分のおかげだとは思えないが、たくさん摘むのなら「自分がやった」と納得することができる。せめて仕事くらいは頑張ろう、と気持ちを切り替えて、ユキはつま先で岩を探った。シリンが行ったのとは逆の、右下のほうにも花が咲いていたはずだ。

「すごい！　こっちのくぼみにたくさん生えてるよ」

シリンのわざとらしいくらい明るい声が響いた。

「こんなに集まって咲いてるのは初めて見たな。採っていくね」

振り返れば、斜め下へと手を伸ばしている。こちらからは見えないが、でっぱった岩の向こう側に群生しているようだ。ちょうどいいところに手をかけられるようなくぼみや突起がなく、普通なら諦めてしまいそうな場所だった。下に目を向けても、身体を支えられそうな足場は二メートルほども離れている。わずかなその段差の下はぎざぎざとささくれたような、ほぼ垂直の崖だ。万が一すべり落ちてしまったとき、あの小さな足場にうまくひっかからなければ……何メートルも落ちてしまうだろう。

「シリン、気をつけて――」

さすがに危ない、と声を投げかけたユキの視界の中で、シリンが右手で掴んでいた岩がぱきりと割れた。弾かれるように右手が宙に浮き、身体が仰け反りそうになる。バランスを取ろうと踏みしめた足はずるりとすべった。

「シリン……！」

なんとか岩肌にしがみつこうとするシリンの足が、さきほどユキが確認した段差まで落ちて、踏みとどまれずにがくんと落ちた。

跳ね上がった足を見るのと同時に、ユキは岩を蹴っていた。あの体勢から岩に掴まるのは難しい。まして危険なあの場所では無理だ――そう考えるよりも早く、シリンの下へ向かって駆ける。縛りつけていた紐がほどけるような感覚で手足が伸び、ユキはしなやかなユキヒョウの姿になって背中でシリンを受けとめた。

「――ッ！」

しかし一瞬のことで、崖の途中では安定した体勢を取れない。勢いに負けてユキはシリンごとさらに落下し、身体を反転させて両手でシリンを抱え込んだ。驚きに見ひらかれ呆然としたシリンの顔を胸に埋めさせ、背中から落ちる。

どん、というにぶい衝撃の直後に身体が弾み、世界が回転する。まだ谷底までは距離がある。後ろ足で崖を蹴ってバランスを保とうとするところまでは制御できたが、二度目に岩にぶつかると、あとはわけがわからなくなった。

腰や脇腹、背中を打ちつけながら転がるように落ちていく。見える景色は何度となく回転し、くらくらして目を閉じた。

（とにかく、シリンだけは、離しちゃだめだ）

それだけを願い、しっかりと抱え込んだまま落ちていくと、最後は背中から岩に叩きつけられてとまった。ぱらぱらと砂礫の落ちる音に、ようやく手足から力を抜く。這い出したシリンが声を震わせた。

「ユキ、ユキ！　大丈夫？」

仰向け（あおむ）けになって動けないユキの顔に、シリンの手が触れた。

「途中、すごい音がしてた。ユキヒョウの姿でも痛いよね……どこも怪我してない？」

「わ……からない。──動けない」

目眩がして、全身が痛い。気づかないうちに頭もぶつけたようで、こめかみがずきずきした。シリンを見上げると目にぽつりと冷たいものが落ち、一瞬、彼が泣いているのかと思った。

「動けない？　もしかしたら背中を傷つけたかな……ユキヒョウは普通どんなに高くても足から落ちるのに、僕を抱きしめてたから──ごめん。欲張って、不注意だったせいだね」

小刻みに震えているシリンの袖にも、ぽつ、と水滴が落ちた。彼の頭のはるか向こう──不吉な暗い灰色をした空から、まばらに落ちてくる水滴。

雨だ。

「──シリン、村に戻って」

ユキの身体は麻痺（まひ）しているのか感じないが、シリンの髪が風になぶられて舞っている。

強い雨になるのだ。

（やっぱり、ぼくのせいだ）

「雨がひどくなる前に帰って」

「……わかった。戻って、みんなを連れてすぐ来る」

「だめだよ。たぶん、雨がたくさん降るから……危ない……」

息を吸い込むと胸が刺されたように痛くて、ユキは緩慢にまばたいた。

「来なくていいって、みんなに言って。ぼくが落ちたことは、黙っていていいから」

「なに言ってるのユキ！　そんなに痛い？　諦めちゃだめだよ、すぐ戻ってくるから！」

もどかしげにシリンが腕に触れてくる。たっぷりとした白銀の毛に覆われた、獣のままの前肢をそっと握りしめ、「頑張って」と懇願する彼に、ユキはほとんど動かない首を懸命に横に振ってみせた。

「やり方、ちゃんとシュエに教わって、来年の春も再来年も、その先も……絶対いいことがあるように、前みたいに天気が悪くなったりしないようにするから……」

「ユキ！」

「ぼくがいなくなっても、気にしないで」

帰ろう、と心は決まっていた。

神の世界に戻ろう。シュエに頼んで天気が崩れないように頑張って、泣かない練習も悲しまない練習もしよう。本来なら二年近く前に終わっていたはずの恋を、この数か月は満喫させてもらったと考えたら――もう、諦めるべきなのだ。

身を引くだけでなく、せめて泣かないくらい大人になるまでは、神の国にいなくては。

「もう行って……シリン。土砂降りになったら、普通に歩いて帰るのも危なくなっちゃう

「……」

伝えるあいだにも雨は勢いを増してくる。大粒の雨が毛皮の上で跳ねるのがわずかに感じ取れるほどだった。

「すぐ――、すぐ来るからね、ユキ。絶対待ってて」

シリンは羽織っていた薄い上着を脱ぐと、ユキヒョウの体にかけてくれた。石と岩を踏みしめる足音が遠ざかるのを聞いて、よかった、とユキは雨空を見上げた。シリンは怪我をしなかったようだ。だったら、全身が痛くても我慢できる。

(シリンは大事な家族だし……怪我をしたら、ウルマスが悲しむもんね)

ちゃんと守れたから、少しだけ休みたかった。痛いし、ひどく疲れた感じがする。早く雨をやませないといけないけれど、あちらの世界に戻ってシュエに頼む前に、五分だけ。ウルマスにはもう、わがままは言わないと決めたから、この世界に別れを告げる――その前に、眠りたい。

(さよなら、ウルマス)

幸せになってね、と思いながら、ユキは目を閉じた。

＊＊ウルマス＊＊

昼前から降り出した雨はほどなく嵐のような激しさになった。

ぎりぎりで刈り取りの間に合った稲を納屋へと運び込み、みんながお茶で身体をあたためる中、ウルマスはひとり自宅へと戻った。

ユキがシリンと一緒に山に入っているのだ。二人とも慣れているから無事に戻ってくるとは思うが、帰ってきたときに家が冷えていては可哀想だと、かまどに火をおこして室内をあたためる。

ひと息つこうと酒に手を伸ばしかけ、迷って結局お茶を淹れた。

――昨晩、ユキは「今日はシリンの寝台で寝ていい？」と遠慮がちに言った。一緒に寝たい、と幼いころに泣かれたことはあっても、べつべつに寝たいと言われるのは初めてだった。

それが思いのほか衝撃で、いまだに思い出すと心臓が痛くなる。ここしばらく、泣き出す前にはやめるようにしていたのに、一昨日は「頑張る」と言うユキにあおられて、少し激しくしてしまったのがいけなかっただろうか。

ユキが戻ってきてから四か月ほど。ウルマスとしてはできれば身体も結ばれたいが、ユキの肉体は相変わらず不慣れなままだ。

口づけや髪を撫でるのはうっとりと幸せそうな顔をしてくれるものの、性器を愛撫(あいぶ)すると感じすぎるようでつらそうだし、中に指を入れればたいてい泣いてしまう。快感は十分に得られているようでも、泣かれるとウルマスは続けられなかった。

それでもあやしながら毎晩慣れさせて、指を二本入れられるところまできたけれど——性器でするように出し入れすると怯えてしまう。指よりも太くて奥まで入るウルマスの分身を挿入するのはまだ無理だろう。

(指、入れたままでもいけるみたいなのに……まだ身体が未成熟なのか?)

あるいはもしかしたら自分が下手なせいかもしれない。

できれば絆の契りを結ぶ前に、心だけでなく身体も結ばれておきたいと思うのに、一線を越えられないのがもどかしかった。

四か月頑張ってもだめならば、もう諦めたほうがいいのではないか、とさえ思う。抱きたいと思うのはウルマスの勝手な欲望だ。性行為をしなくても心が結ばれている二人だって村にはいるのだから、自分たちもそうなればいい。ユキを手放すことに比べたら、性交できないことなど瑣末(さまつ)なことだ。

今朝見た、無理しているとわかるユキの笑顔を思い出して、ウルマスは改めて決心した。

先に、絆の契りを結ぼう。

昨日の夜寝台の中で言うつもりが、べつべつに寝たせいで言い出すきっかけを失ったが、今日ユキが帰ってきたら、なによりもまず伝えよう。

気にしてるのよ、と教えてくれたのはリッサだ。

「約束ってすると安心するでしょ。逆に言えば、約束がなかったら不安にもなるってことよ。ユキ、可哀想にまたしょんぼりしてたわ。どうして早く婚礼の儀式をしてあげないの？　まさかその気がなくなったわけじゃないでしょうね」

叱る勢いで言った彼女に、ウルマスは打ち明けてしまった。

ユキが性行為に慣れないこと。蓄えがなくユキの花嫁衣装を用意してやれないこと。どちらも恥ずかしくて、誰にも言えずにいたことだった。だが、身体をつなげるのがどうしてもうまくいかずに、自分で思うよりも弱っていたらしい。

ぼそぼそと弱音を口にしたウルマスに、幼馴染みは優しい顔をした。

「衣装のことならもっと早くにあたしに言ってくれたらよかったのに。村のほかの人に言えない気持ちはわかるわ、ユキのおかげでウルマスの家はずっと優遇されてたから、これ以上負担をかけたくないんでしょ？」

つきあいが長いだけあってあっさりとウルマスの躊躇や意地も言いあてて、からりとリッサは笑った。

「その点あたしは大丈夫よ、出世払いにしといてあげる。逆によかったわ、実はこっそり祝い帯の意匠を考えておいたの。あれは赤ちゃんができたときのお祝いだけど、贈ってあげたらユキが喜ぶと思うのよね。神様なんだし、それくらいの特別扱いはいいでしょ？服の色ともあわせて、最高に素敵な花嫁さんにしてあげるわね」

うきうきしてまくし立てた彼女は「さっそく仕立てるわ」と乗り気で、身長は自分とほぼ同じだからいいとして、胴回りの太さは自分を抱きしめて確かめろ、などと言い出したのだ。

お互い仲間として大事に思っていても、女性をそんな理由で抱きしめるのは気がすすまなかったが、急かす彼女にしぶしぶ従って——抱きしめ返してきた彼女の言葉を聞いたときには、不覚にも涙が出そうになった。

早くから仕事を手伝う村の中でも、九歳はまだ子供の年齢だ。その年で両親を亡くし、以来村人たちに助けられて生きてきたけれど、弱音も不安も口にすることはできなかった。弟のことも、ユキのことも、自分自身のことも。大人でなければ、と自分を律し、常に気を張って生きてきて、ユキがいなければきっと、リッサにも愚痴めいたことなんて決して言わなかっただろう。黙って抱え込み、リッサがひそかに案じてくれていたことも、知らずに生きていったはずだ。

幸せを願って「大丈夫」と励ましてくれるリッサの声で、前よりも親しくなれた気がした。同時に、もっと早くに、彼女と話していればよかった、とも後悔した。黙って耐えることだけが、正しい選択ではないのだ。

自分にだってみっともない部分はある、と認めてしまえば、驚くくらい気持ちが楽になって、先に儀式を挙げてしまおう、と決心できた。

身体をつなげてからにしたい、ユキを人間にしてしまうほうが先だと意地になっていたのは、雪神のシュエに対する反発心もあった。自分で選べ、とユキに言いながら、シュエが神様のユキに未練を持っていたからだ。

だが、ユキがあちらの世界でなく、ウルマスを選ぶことはもうわかっている。儀式が先でも、問題はなにもないのだ。

（……今からなら、冬の儀式だな）

ちょうどいいかもしれない、とウルマスはひとり微笑んだ。雪の中を綺麗な服に祝い帯を結んだ花嫁が歩いて、みんなに祝福される光景を想像すると、いかにもユキにぴったりだ。

早くユキを抱きしめたくなってドアに目を向け、ウルマスは眉を寄せた。

荒天のせいで時間はわかりにくいが、稲刈りのあとみんなと別れたのがちょうど昼ごろだったはずだ。雨はその前から降り出していたから、ユキたちが採集を切り上げて下山をはじめたのは、昼より一時間ほど前だろう。だったらそろそろ、家に着いてもいいころだった。

思ったよりも時間が経っていないかもしれないと気持ちを落ち着け、さらに十分ほど待ってみて、ウルマスは外套を手にした。

迎えに行こう。今日は冬菊を採りに行ったから、場所の見当はだいたいつく。足場が悪くてどこかで雨宿りしているかもしれないが、避難できる場所もほぼ決まっているから、探せば見つけられるはずだった。

怪我をしていないといいが、と思いながらしっかり外套を着たところで、大きな音をたててドアがひらいた。

倒れるように入ってきたのはシリンだった。息を荒らげる弟に、ウルマスは駆け寄った。

「大丈夫か？　なにがあった？　ユキは？」

「っ……僕が、崖から落ちて……、ユキが、助けてくれて」

強い力でウルマスの腕を掴み、シリンはすがるような目を向けた。

「北西の、冬菊の咲く崖のところで、谷まで落ちて……ユキが動けなくなったんだ。——ごめん、兄さん」

「——謝るな。濡れた服を脱いで、あったかくしてろ。リッサにことづけていくから……おまえは怪我はないんだな？」

「大丈夫。かすり傷はあるけど、どこも痛めてないよ」

「行ってくる」

すぐにでも家を出ようとしたウルマスの手を、シリンが再び摑んだ。

「ユキ、迎えに来なくていいって言ったんだ」

「……来なくていい?」

急いでいても聞き流せないセリフに、ウルマスは顔をしかめた。

「うん。どこか骨折でもしたのか、動けないのにそう言ったんだよ。助けに来なくても、来年もその先も恵みがあるようにするからって」

それは、どういう意味だろう。いやな予感が湧き上がってくる。

(死にそうなくらいの怪我なのか? それとも——村に戻らないつもりか)

「今朝からなんだかすごく悲しそうで……昨日リッサが、兄さんに契りを結ぶのはまだかって聞いてたことと、たぶん関係あると思う」

「わかってる」

案じる弟に短く返して、ウルマスはぐっと唇を引き結んだ。どうしてあいつは、と歯がゆく思いつつ外に出る。斜めに叩きつける雨は、半ば雪のまじったみぞれになっていた。十月なら雪が降るのも珍しくないが、九月の雪はめったにない。

(きっと、また泣いてる)

向かいの家のドアを叩き、ごく簡単にシリンを頼むとだけ伝えてぬかるんだ道を走る。坂道を駆け上がりながら、心の中でユキに呼びかけた。

（なんでおまえは、してほしいことを言わないんだ。助けに来てほしくないなんて、絶対本心じゃないはずなのに——絆の契りだってそうだ。早く儀式を挙げたいって、なんで一言ねだらないんだ）

無論、無口で黙ったまま進めようとする自分にも非があるのはわかっている。だが——せめて、自分には甘えてみせてくれてもいいはずだ。

（……連れて、帰ってきたら）

みぞれと冷たい風が頬を叩くのも気にならない。岩だらけの急な道を急ぎながら、絶対だ、と自分に誓う。

絶対、ユキを連れて帰ったら、もっと甲斐性のある人間になって、たくさん甘えさせるのだ。

あれがしたい、これもしたい、それはいやだと、それこそ神様のようにわがままを言ってほしい。今度はたとえみっともなくても、言葉を惜しまないから、どうか。

「無事でいてくれ、ユキ」

＊＊　ユキ　＊＊

ゆらゆらと世界が揺れ、まだ目眩がする、とユキは顔をしかめた。

少しのあいだ眠った気がしていたのに、身体が揺れる感覚で目覚めてしまった。地震だろうか、と緩慢にまぶたを開け、声に気づいた。

「ユキ！　ユキだろう、大丈夫か？」

覆いかぶさるように覗き込んでいるのはウルマスだった。雪まじりの雨が風に踊るように降っている。

「どこを怪我した？　立てないなら抱き上げるけど、痛かったらすぐ言えよ」

ユキが答えられないでいるあいだに首の下にウルマスの手が差し込まれ、頭と上半身を抱き上げられる。その感触で、自分がまだユキヒョウの姿なのだとわかった。

なめらかでぶあつい毛並みが溶けるように薄れ、かわりに白い衣をまとった人間の皮膚が現れる。ウルマス、と掠れた声で呟くと、彼がそっと抱きしめてきた。

「よかった……どこが痛い？　苦しくないか？」

ウルマスは少し震えていた。助けに来てくれたのだ、とようやく現実感が戻ってきて、ユキは身じろいだ。重たい痺れはなくなっている。痛みも、今のところは感じなかった。

「シリンに、会わなかった？　助けには来なくていいって伝えてって、頼んだんだけど」

「そう言われて納得して、家でのんびりなんかできるわけないだろ」

眉根を寄せたウルマスは、まだ震える手でユキの顔に触れた。

「この世でおまえが一番大切なのに、嵐だろうが雪だろうが、助けに来ないわけないいんだ」

頬を包んだ手のひらはわずかにぬるく、幾度も幾度も撫でてくる。

「ユキがここで死ぬつもりでも、神様の世界に帰るつもりでも、俺はいやだ。絶対許さないからな。必ず一緒に、俺たちの家に帰る」

ウルマスらしくない、わがままとも取れる感情的な言い方だった。びっくりしてまばたいて、ユキは真剣な彼の顔を見上げた。

「いや、なの？　ウルマスが？」

口数の少ないウルマスは、いつも落ち着いていて、口にするのは理性的なことばかりだ。ああしたほうがいいとか、これはだめだとか、大丈夫だとか。保護者のように守って導くための言葉ばかりで、彼自身の思いを吐露することはほとんどなかった。表情だって、いつも凛々しくて、大人なのだ。

そのウルマスが、震えて、熱っぽい瞳で見つめてくる。

「ああ、いやだ。これだけは譲れないから、ユキの意見も、雪神様のことも、村のことも関係ない。……俺が、ユキがいないといやなんだ。誰もおまえのかわりにはならないから。──おまえとずっと一緒にいたいっていうのは、そういう意味だ」

こんなにはっきりと、彼の気持ちを──感情を、思いを聞いたことがあっただろうか。いつだって弟やユキや、村のことを優先して、黙りがちだったウルマスなのに。

「……ほんとに？」

聞いてしまうと、とめられなかった。

「本当はリッサが好きなのに、ぼくが雪神だから仕方なくじゃない？　前みたいに、我慢してない？」

「ユキと一緒にいるのがいやだと思ったことはない。リッサはいい友人で、それ以上じゃないよ。知ってるだろう？」

「でも──昨日、抱きしめてた」

「見たのか？」

驚いたウルマスの目が見ひらかれ、ほんのり顔が赤くなった。

「あれは……リッサが、花嫁の衣装を作ってくれるって言うから。リッサとおまえはだいたい身長が同じだろ。胴回りも同じくらいか確かめろって言われて──まあ半分からかわれたっていうか、あいつなりに、俺を励ましてくれただけだ」

「花嫁衣装？」

全然予期しない単語が出てきて、きゅっとウルマスの服を摑むと、ほっとしたような笑みが返ってきた。

「よかった。手は動くんだな。──花嫁衣装は普通、両親が用意してくれるんだ。新しい上等な布を買って、刺繡をして仕立てる。でもうちは、シリンが街に行くための貯えをほとんど使ってしまって、贅沢な布を買う金もないんだ。それで儀式を先延ばしにしてたっていうのもあったから、リッサが出世払いでいいから作るって言ってくれた」

「ま……待って」

混乱してきて、ユキは座り直した。

「じゃあどうして、何か月も経つのに、ぼくのこと人間にしてくれなかったの？」

「それは──」

さっきよりも顔を赤らめ、ウルマスは口ごもった。気まずげに視線が逸らされる。

「ユキが、泣くから」

「…………え？」

ぽかんとして聞き返したユキを、ウルマスは横目で一瞥した。

「指を入れただけでも泣くだろ。あれじゃとても続けられない。無理やりやって嫌いになられたら困る」

「あれは……だって、へ、へんな感じがして、涙が勝手に出るんだもの」

思わず言い訳しながら、ぼうっと顔が熱くなった。

(嫌いになられたら困る、だって。……ウルマスが、ウルマスなのに)

淡々と、落ち着いていて傷つくこともなさそうに見えるのに、嫌われたくない、と思ってくれたのだ。

まるでぼくと同じだ、と思うと、笑いたいような、泣きたいような熱い衝動がこみ上げてくる。

「それって、ウルマスが、すごくぼくのこと、好きみたいだよね」

「みたいじゃなくて、好きだから、しょうがないんだ」

窺(うかが)うように見つめたユキの瞳を、ウルマスはまっすぐに見返した。

「一度も、きちんと言ったことがなかったよな。こういうのは得意じゃないから——うまく言える気もしなかった。でも、言っておく。俺は……ユキが、好きだ」

びく、と身体が震えた。痺れが耳から尻尾まで駆け抜けて、小刻みに振動してしまう。

言ってもらえた。聞き間違いじゃなければ、ウルマスが。

「ウルマス……っ、好き?」

夢中でしがみついたユキを、ウルマスは抱きとめてくれる。

「ああ、好きだよ。……不安にさせて、悪かった」

「ううん、いいんだ……、でも、……嬉しくて、ぼく……っ」

泣いちゃだめだ、と思うのに涙がこぼれて、肩先に顔を押しつける。ウルマスはそっと背中を撫で、わかるよ、と囁いた。

「俺も、嬉しい」

「……っ」

「好きだと、不安にもなるし、同じ気持ちだと思うと嬉しいよな」

ウルマスの飾らない言葉があたたかく染みわたる。尻尾の震えがとまらなくて、どれほど、自分がウルマスに好かれたかったのか、今さら思い知った。

ずっと、言ってほしかった。好きだと、誤解しようもない単純な言葉で。

「好き……ウルマス、大好き……っ」

「うん」

頭を撫でたウルマスは、足りないかのように頬をすり寄せた。

「帰ろう。帰ったら、絆の契りの準備もしような。せっかくリッサが衣装を用意してくれるのに、ユキがいないと台なしだ」

「うん」

「立てるか？」

「……たぶん」

動けたし、どこも痛くはない。ウルマスに助けられながら立ち上がってみても、違和感はなかった。

「ユキヒョウはどんなに高い崖から落ちても平気だっていうからな。なんともなくてよかった。……シリンも、元気だったよ。あいつを助けてくれてありがとう」

「危ないって思ったら、咄嗟にユキヒョウになってたんだ。すごく目が回ったし、落ちたときは痛かったけど――すごいね、ユキヒョウって」

「ユキもすごいだろ」

ウルマスが笑って空をあおいだ。

「見ろ、もう晴れ間が見える」

「――あ、ほんとだ」

そういえば、ウルマスと話しているときも、みぞれや風を意識していなかった。いつやんだんだろう、と思いつつ、まばゆい梯子(はしご)のように降りてくる陽光に手を伸ばす。

「ぼく、早く神様じゃなくなったほうがよさそうだね」

「俺はべつに、こういう天気でもかまわないな」

ユキの手を握って、ウルマスが引いた。

「神様とだって絆の契りはかわせるし、ユキがつらいなら身体はつなげなくても、夫婦として愛しあう方法はほかにもある。だからユキは、神様のほうがいいか、そうじゃないほうがいいか、なんて考えないで、自分がどうしたいかだけで決めてくれ」

「決めるって……なにを?」

「もう一回、シュエの言ってた『精を受ける』行為を頑張ってみるか、やめるか」

「そんなの、決まってるよ」

足場の悪い岩の上を、ウルマスは危なげなく進んでいく。それについていきながら、ユキは言った。

「泣いちゃうのは、痛いとかつらいとか、いやだとかじゃないもん。ち、ちょっとは痛いけど、変な感じがするからこわい気がするだけで……今度は、だから、やめないで」

精悍な横顔を斜め後ろから見つめると、半分だけ彼が振り向いた。意思を確かめるようにじっと見つめられ、ユキはつけ加えた。

「こわいけど、いつも思ってたよ。このままやめないで、もっと……ぐちゃぐちゃになってもいい、って。死んじゃいそうな気持ちがするのに、それでもいい気がして、そんなこと考える自分もこわかったけど——でも……」

「わかった」

ウルマスは口ごもったユキの身体を抱き寄せた。

「じゃあ、今夜、もう一回してみような」

「……うん」

普段より低い早口に、さわ、と尻尾のつけねあたりがくすぐったくなった。おなかの奥が指を入れられたときみたいに疼いて、ユキは小さく喉を鳴らした。

……どきどきする。


家に着くとリッサとシリンが心配顔で待っていて、ユキは申し訳なくなったが、ウルマスは「大丈夫だから」と早々に二人を追い出してしまった。

俺たちだけにしてくれ、と素っ気ないウルマスに、そんな言い方をしないで、さっきみたいにまっすぐに気持ちを伝えたらいいのに、とユキは思うが、シリンはそれでもほっとした表情になり、リッサはにんまりと笑って「ごゆっくり」なんて言って、連れ立って出ていった。

濡れた服を乾いたものに取り替え、シリンたちが用意してくれていた食事をありがたく食べたあと、まだ日が高いうちに風呂を沸かして、交代で身体を洗った。

風呂を終えてもまだ夕暮れの時間なのに、ウルマスはユキの手を引いて二階に上がった。寝台へと横たえられて、ユキは緊張してウルマスを見上げた。彼はごく真面目な顔をしてユキの顔を撫で、のしかかって口づけてくる。

弾力のある唇がしっかりとユキのそれを覆い、押しつけたかと思うと下唇を吸った。じわりと胸のあたりに落ち着かない感覚が生まれ、ユキはウルマスの肩に手を添えた。

「……っ、いつもより、緊張しちゃう……」

「身体に力が入っているとよけいにつらいぞ。楽にしてな」

「うん……、っ、ん」

厚みのある舌がぬるりと入り込み、まぶたが半分落ちた。濡れて熱い舌と舌が触れあうと、喉からみぞおちまで熱が走る。じっとしていられなくて身体がくねり、膝を立ててウルマスをはさみ込んだ。脚で抱きつくこの格好をすると、いたたまれなさがやわらぐ気がするのだ。

ウルマスは口づけを続けながら服をめくり上げ、肌を撫でてくる。両手で腰を掴み、そのまま腋（わき）まで線に沿って撫でられると、親指が乳首に触れた。

「……っ、ぁ、」

小さいその突起を親指で捏ねまわされ、肌が震える。くんにゃりとやわらかかった突起はすぐに芯を持ち、もどかしい感覚を伝えてくる。くすぐったいのにも似た、喉を鳴らしたくなる気持ちよさ。

「あ……、……ふ、……っ」

「ユキ、ここ好きだよな」

こぼれた甘いため息に、ウルマスがほっとしたように囁いた。弾力の出た乳首を埋め込むようにぎゅっと押さえ、そのままこりこりといじられて、あ、と鼻にかかった声が出る。

「う、ん……気持ち、いい、から」

「摘まむと痛いか？」

「平気、……っ、ぁ、あッ」

摘まんでかるく捻られ、耐えきれずに背中が浮いた。痛くはないけれど、痺れたように感じる。ウルマスは身体をずらして、赤みを増した乳首に顔を寄せた。

「っ、あ、……ああっ」

吸われる、とわかっていても、唇と舌で愛されるのはたまらない刺激だった。思わずウルマスの頭を抱えて、硬くなりはじめた股間を彼の身体に押しつけてしまう。

「ウルマス……っ、でちゃ、う……っ、吸ったら、出ちゃうっ」

「下着つけてるだろ。そのまま出していいから」

ウルマスは尖らせた舌で乳首をつつき、舐め転がしてからまた含み込んだ。きゅっと強めに吸われ、びん、と全身がこわばる。抗いがたい欲求がうずまいて、痒がる馬みたいにウルマスに身体をこすりつけるのがとまらなくなった。

「んっ、ウルマスっ、こす……って、ここ……っ、いじ、って」

「今日はそこは触らないから、自分でこすりつけてみな。胸は舐めててやるから、いけるだろう？」

ちゅくちゅくと乳首を吸いながら、ウルマスは後ろに回した手で尻を掴んだ。持ち上げて、より強く彼の股間にすりつけるよう動かされる。じゅわりと先端が濡れてしまい、ユキは敷布を握った。

「そんなっ……なんで、さわらないの……？」

「直接しごいて出すと、ユキ、いきすぎてぐったりするだろ。ちがう方法も試してみたほうがいい」

なだめるように短い口づけを胸に繰り返し、ウルマスはつけ加えた。

「ユキに押しつけられると俺も気持ちがいいから、やってくれるか？」

「……そ、……それなら……」

かあっ、と顔が真っ赤になるのが自分でもわかった。

(今までのウルマスと、全然ちがう……)

彼がこの行為でどう感じるかなんて、教えてくれたことはなかった。ウルマスも気持ちがいいんだ、と思うと妙に胸が高鳴って、ユキは控えめに腰をすり寄せた。

「——うん。上手だ」

「ほ、ほんと？　きもち、い？」

「ああ、気持ちいいから、ユキも遠慮しないで、出していいぞ」

「……ん、……も、濡れて、るから……すぐ、」

熱っぽく感じるウルマスの股間に自分のものを押しつけると、溶けてしまいそうなくらい気持ちいい。いつのまにかウルマスはユキの胸を舐めるのをやめ、ひくひくと腰を振る姿をじっと見つめていたが、気にする余裕はなかった。

本能に従って大胆にこすりつけ、溢れそうになるのに逆らわず、きつく押しつけてなおも尻を動かすと、いくらも経たずにその瞬間が来た。

「ッ、あ、……ん、……ッ！」

息を呑み、ウルマスにしがみついて射精の快感に耐える。ねっとりした白濁が下着の中を汚し、出しきってしまうと力が抜けた。

「は、……ふ、ぅ、」

「上手にいけたな。——脱がすぞ」

「うん……、いっぱい、出ちゃった気が、する」

「量が増えたのはいいことだ。偉いぞ」

うすく微笑みまで浮かべて褒められ、ユキはまた赤くなった。無抵抗なユキの脚から下着を抜き取り、裸にしていくウルマスは平然としているが、普段と全然ちがう。いつもだってもちろん優しいけど、それよりももっと——甘い。

「ウルマス……あのね」

高鳴る鼓動に促されるように、ユキは口をひらいていた。

「もう一生、わがまま言わないから、今日はひとつだけ、言ってもいい？」

「――なに？」

動きをとめたウルマスがじっと見つめてくる。祈るような思いで、ユキは言った。

「今日は、泣いてもやめないで。絶対、ウルマスを嫌いになったりしないって誓うから」

「ユキ……」

痛みを覚えたように眉を寄せ、ウルマスはユキの髪を梳いた。

「そういうのは、わがままとは言わないんだ。……だいたい、ユキはほとんどわがままは言わないだろ」

「――いっぱい言ってるよ。そばにいてとか、神様の世界には帰らないとか……」

「わがままじゃなくて、甘えてるんだろう、それは」

ちゅ、と額に口づけたウルマスは、頰にも鼻先にも唇をつけ、ユキを抱きしめる。

「全然わがままじゃないから、もっと言っていいんだ。もっともっと甘えて、俺を喜ばせてくれ」

「よ……喜ぶの？　ウルマスが？」

びっくりして、どきん、と心臓が跳ねた。わがままにしろ甘えるのにしろ、絶対迷惑だと思っていたのに、ウルマスははっきりと頷く。

「当然だろ。好きな相手に甘えられるのは、すごく嬉しいんだ」

「好きな……相手」

「俺が口下手だから、おまえも甘えづらいかもしれないけど。……これからはちゃんと甘やかすから、ユキも甘えてくれ」

そう言ったウルマスはぴったりと唇を重ねてきて、じん、と甘く痺れた。唇も、心臓も、痛いくらい痺れて、それがとても——嬉しい。

「ウルマス……ウルマス……っ」

「今日は最後までしような」

あやすように抱きしめてもう一度口づけてくれてから、ウルマスは服を脱ぎ捨てた。たくましい身体があらわになって、知らず、ごくりと喉が鳴った。久しぶりに見るからだろうか。前よりも精悍さを増し美しくなったようで、目が吸い寄せられる。

大きな手がユキの足首を摑む。ウルマスに見惚れたユキの身体は力が入らず、左右にひらかれても、身構えることもなかった。指を舐めたウルマスは寝台の下から精油を入れた小さな壺を出し、まったりと重いそれをすくってあたためた。

触れてきた指は、襞に油を塗り込めて、窺うように入ってくる。

「っ……ふ、ぁ……っ」

異物感はある。けれど今までになくなめらかに、抵抗なく受け入れられて、ユキは安堵のため息をついた。ウルマスは感じすぎる場所を愛撫することなく根元まで埋めて一度抜き、再び油を足して、二本の指をあてがった。

「今日は、やめなくていいんだよな。太さ的にはもう慣れてると思うから、入れるぞ」

「ん……入れて……っ」

どきどきしながらすぼまりを探られ、ユキは震える唇を舐めた。

「もし——途中で、ぼくが変なふうになっても、——嫌いに、ならないでね」

我慢しよう、と決めているけれど、まだこわい。あのどろりとした快感に呑み込まれてしまったら、自分が自分でなくなってしまいそうだ。

ウルマスは目を細めて、立てたユキの膝に口づけた。

「それは安心していいよ。絶対にない。……ユキは、いい子だな」

「——あ、ぁっ、……く……っ」

ぬっと入ってきた太い指のまとまりに、反射的に下腹部が竦む。ウルマスは慎重に狭い管の奥へと指を進めた。

「今日は、いきやすい部分はあんまりいじらないで、奥をほぐす。奥が狭いと、あとがつらいと思うから」

「い、きやすい……ぶぶん、……？」

「触られると気持ちよくなって、身体がこわばってひくひくしちゃうところ、あるだろ。ここだ」

「ッぁ、あぁっ、そこ、は……ぁっ」

くん、と尻が持ち上がってしまい、ユキは枕を摑んだ。甘い衝撃に裸の胸が上下する。ウルマスの指はそこを過ぎ、深い場所をゆっくりと探った。

「……ぁ、……くる……っ、ん、ぁ……ッ」

すでに覚えつつある、ねっとりとした熱が腹の底に溜まっていく。指が入っているよりももっと奥だ。そこから強烈な欲求が、生き物のようにせり上がってくる。

「なにが来る？　気持ちよくないか？」

ゆっくりと小刻みに指を揺すりながら、ウルマスは左手でユキの腹を撫でた。そこ、とユキはうめいた。

「おなか……っ、おく、が……、変に、なっちゃう……っ」

圧迫される異物感と、ぞくぞくと震えてしまう恐怖に似た感覚。こわいのに、かきまわされたい。疼くそこをめちゃくちゃにされてもいいから、どうにかしてほしい。ウルマスの指にいじられる粘膜はじんじんして、もっとこすられたくて締めつけてしまう。

「あつい……っ、なんか、いつもより……っ、あっ、だめ、ぇ……っ」

えぐるようにウルマスの指が折り曲げられて、ユキはつま先を跳ね上げて悶えた。気持ちいい。けれど同時に、たまらなくもどかしい。腹の奥でうごめく熱の塊はいっそうかたちをなくし、ぞわぞわと動いて広がっていくようだ。ちがう生き物が体内に棲んでいるよう──否、もうすでに、ユキ自身が変わってしまったのかもしれなかった。

「っ、ウルマス……っ、ウルマス……、」

泣くまい、と決めていたのに涙が一粒転がり落ちて、ユキはウルマスを見上げた。

「もう、ちょうだい……っ、やめないで……、最後、まで……っ」

「痛くないか？　熱いだけ？」

指先で体内を愛撫したまま、ウルマスは聞く。

「もっとほしいか？　それとも、こわい？」

「……くるし、けど……もっと、ほしいよ……っ。約束、した……っ」

「うん。甘えてくれたよな」

ウルマスは嬉しげに微笑み、指を抜いた。改めてユキの脚をひらき直し、胸のほうに曲げさせてすぼまりをさらけ出させる。息づくそこに大きく育った彼の分身があてがわれ、ユキは息を呑んだ。

一度だけ見たことがあるウルマスのものは、前よりも大きく思える。指とは比べものにならない太さで、こんなの入らない、と反射的に思う。

「……い、れる、んだよね」

「ああ。どうしても痛かったり、つらかったりしたら言えよ」

くびれがくっきりと目立つ先端が襞にくっつくと、その硬さに目眩がした。ふさがれる感触だけでも竦みそうなのに、あれなら、と思うと、期待にも似た震えがとまらなくなる。

太くて長いウルマスのなら、奥の熱溜まりまで本当に届きそうだ。硬い切っ先があそこを貫き、ずぷずぷと行き来したなら——。

「……っ、ぁ、……ッ、……ぅ、ん……ッ」

怯えと期待が入り混じって震えるあいだに、ウルマスは切り込んできた。たっぷり潤されたユキの筒は予想よりもあっけなく太いものを受けとめる。今までにない異物感と拡張される違和感は激しいが、痛い、というよりは重たく、苦しかった。

「っは、……ん、ぁっ、……く、……ん……っ」

「ユキ。力を入れないで、息を吸って」

太ももをかかえたウルマスは、揺するようにして己を収めてくる。ずっ、と強引に侵入してくる感触に、背筋がびりびりと痺れた。入っている。黒くて太いウルマスの身体の一部。ユキの粘膜を占領し、えぐり、くり抜いて、ひとつになろうとしている。

「ぁ、……ぁ、……、あ、ぁ……っ」

それは気が遠くなりそうな、恐怖も凌駕する充足だった。限界を超えて広げられ、むず痒さを刻みつけるようにこすられて、苦しいのに気持ちいい。

ぐっとさらに腰を進め、ウルマスは息を吐くと身体を倒した。口を閉じられずに喘ぐユキの顔を撫で、優しく口づけてくれる。目尻を拭われて、涙がまた流れたのだと気づいたが、謝る余裕もなかった。ただ、名前を呼ぶ。

「ウルマ、ス……っ、ん……っ、ウ、ルマス……っ」

「大丈夫だ。ちゃんとできてる。少し慣れたら動くからな」

「うご、く……？」

「指ではやったことあるだろ。引いたり突いたりして、中をかきまわすんだ。それでユキの腹の中に精をかける」

「精、を……」

では、精を受ける、というのは、体内で受けとめる、ということなのか。

熱いところにウルマスの出した白いものが広がるのを想像して、ぶるりとユキは震えた。

「ほし、い……ウルマスの……っ、中、かけて……」

「こわくないか？」

かるく腰を押しつけて、ウルマスはユキの髪をかき上げた。

「きついから、たぶん痛いよな。すごく締まってる」

「う、んんっ、おもくて……っ、くるし、けど……っ、へいき……」

ウルマスを呑み込んだ部分は、じわじわと溶けそうな錯覚がする。ほんのわずか動かれただけでも身体が痙攣し、身をよじって悶えたくなる。逃げたいような気持ちがこみ上げて、ユキはぎゅっと枕を握ってウルマスを見つめた。

「もっと、して……、いっぱい……っ、こわいって、言っちゃう前に、……ッ、ぁっ」

「――ユキ……っ」

ずくん、と体内のウルマスが脈打ったように感じた。ひときわくっきりと彼が感じられ、熱さと蕩けそうな心地に浅く息が乱れる。

「ユキ……ユキ」

「ッ、あっ、……ん、ぁあっ、……ぅっ、あ……っ、ぅっ」

ゆっくりだが確実に穿たれて、甘える子猫みたいに声がうわずった。奥の突きあたるところまでウルマスが入っている。そこを突かれるとぐちゅんと音がして、内襞がきゅんとうごめいた。ぴったり収まって、からみつきそうなほどくっついて、こすれている。なめらかな表皮に覆われたウルマスの分身が、知覚したこともない内側を、愛してくれている。

熱くて硬いものがぐうっと奥を押し上げるのが気持ちいい。

「あ、ぅっ、きもち、いっ……ウルマス……っ、ぁ、んんっ」

「よかった。ユキが気持ちよくなってくれて、嬉しい」

身体を重ね、ユキの顔を覗き込みながら、ウルマスは徐々に大胆に腰を動かした。ずしゅ、ぐしゅ、と淫らな音を響かせながら、腰をしならせて半ばまで引き抜き、奥のやわらかい場所めがけて突き入れる。奥壁が歪むほど深く、強く沈むのがたまらない愉悦を呼び覚まし、ユキは夢中で膝をひらいた。

自然に、もっと深くいざなうような体位を取って、ずっしり大きいウルマスの肉塊の動きを感じ取る。

(――入って、る……あそこまで……あっついとこ……きて、る)

ねばついた水音が響くのは、ユキの最奥が溶けて泥のようになっているからだろうか。しっかりとウルマスを食いしめている感覚はあるのに、かたちをなくしたように下半身はどこも曖昧だった。

つながって、境目もわからないほど蕩けるなんて、なんて幸せなのだろう。

「きもち、ぃ、よ、ぅ……っ、ウルマス……っ」

突かれるたびに身体が軋み、揺さぶられるのも気持ちいい。うまく焦点を結ばなくなった目でウルマスを見つめ、ユキは微笑んだ。

「つながって、るの……うれし……っん、……ぁッ、ああっ」

ぐちゅん、と今までになく強く穿たれ、高い嬌声が溢れた。ウルマスは眉をひそめて上体を起こし、自分の唇を舐めた。

獲物を狙う鷹の瞳で、しっかりとユキを捉える。

「こんなにぐずぐずにやわらかくなるなら、もっと早くにつながればよかった」

「……っごめ、んね……ぼく、が、泣いたから」

「いいんだ。少しもったいない気がしただけだ。たぶん、待った甲斐があったと思う」

うめくように低い彼の声は、普段より少し掠れていた。額には汗が浮かび、飢えたようにユキを見下ろしてくる。

「――出すぞ」

「っぅ、ん……っ、――っ」

精をもらえるのだ、とひときわ潤んだユキの中を、ウルマスの分身がたくましく行き来する。ぬちぬちと音をさせながらやわらかい肉筒をかきわけられ、すうっと視界が霞んだ。

「ぁ……ぅっ、ん、……あぁっ、……ぅ、あッ、あ、ぅ、あぁッ」

少しずつ速度を上げて穿たれるのが嬉しい。空に浮いたつま先がふらふらと揺れて、掘削される内臓の奥はすっかり歪んでしまったようだ。激しくされてもなす術なく、ただれるような危うい快感に流される。

ウルマス、と呼ぼうとした刹那、弾けるような感覚に襲われて、きゅんと手足がつっぱった。

「――っ、……ッ、……!」

びくびくと痙攣し身体が大きく反り返る。いつか迷い込んだ世界のように真っ白に視界が塗りつぶされ、ひどく遠くでウルマスがうめくのが聞こえた。

身体がばらばらになったようなのに、じゅん……と染みるウルマスの精がわかる。白くて強い、ユキを引き寄せる体液だ。命を生む、特別な——愛しあうための蜜。

（ぼく、ウルマスと、同じになれたんだ……）

思いも、身体もつながって、種族さえひとつになって、自分たちは結ばれた。

もうわかたれることはないのだ。精が粘膜を焼くように染み込むのを味わいながら、ユキはうっとりと微笑んだ。

エピローグ

冬の、研ぎ澄まされた晴れの日だった。

神様たちへの報告をすませ、ウルマスと並んで寺院を出たユキは、重たい花嫁衣装の裾を持ち上げながら耳を動かした。

「人間に、なったはずなのになあ……」

ふた月前。ユキはウルマスと愛しあい、精を受けて人間になったはずだった。きっとなにかしら「人間だ」という証拠があると思っていたから、食べ物の感じ方が変わるとか、ユキヒョウの耳や尻尾がなくなるとか、そういう変化があると、ユキは信じていた。

けれど実際には、ユキの身体にはこれといった変化がない。丸みを帯びた三角の耳も、銀色の髪も、ふさふさで長い尻尾もそのままなのだ。

心配してこっそりこちらの世界を覗き見ていたらしいシュエも、あのあとわざわざやってきて、しきりに不思議がっていた。

「おかしいなあ。ウルマスはたしかにすごく強い精を持ってるのに、どうしてユキは人間にならないんだろう……」

私としては仲間を失わなくてすんで嬉しいけど、とシュエは半分嬉しそうで、半分は複雑そうだった。

「こんなことは誰に聞いても前例がないんだよ。もしかしたらユキは私たちの仲間である以上に、特別な存在なのかもしれないね」

ユキとしては、特別でもちっとも嬉しくはない。けれど、ウルマスはどっちでもいい、と言ってくれた。

「俺が好きなのは神とか人間とか関係なく、ユキだからな。ユキも俺を好きでいてくれるなら、神様だろうがかまわない」

絆の契りは予定どおり結ぶからな、ときっぱり言われて、どれだけ嬉しかったことか。

あれから何回か、ウルマスとは身体をつなげた。それでも耳と尻尾はそのままで、あれきりシュエには確かめてもらっていないが、たぶん雪神のままなのだろうと思う。

「耳と尻尾、可愛いからいいじゃないか。いやなのか?」

「——いやじゃないけど、耳と尻尾があって花嫁衣装なんて、変じゃない?」

これから村の中を歩いて、みんなに晴れ姿を見てもらうのだ。多少みっともなくても心から祝ってもらえるとは思うけれど——せっかくなら、綺麗だと思ってもらいたい。

リッサが寝る間も惜しんで用意してくれた衣装はあざやかな青で、緑と白でたっぷり雪の模様が刺繍されている。ふつうは赤ちゃんを身ごもったときに贈られる祝い帯も一緒に作ってくれて、そちらは赤と金と白で、花々とユキヒョウが刺繍されていた。

こんなに美しい服まで用意してもらったのに、「あんまり似合ってないな」なんて思われたら申し訳ない。

階段状になった場所を先に下りたウルマスが、手を差し伸べてくれた。

「大丈夫。世界一似合ってるし、綺麗だよ」

「——あ」

おとなしく抱き上げられて段差を下ろしてもらい、寄り添って歩きながら、ユキは花が咲いたような心地でウルマスを見上げた。

「思い出した。——綺麗って、空とか、雪みたいに美しいもののことだって……ウルマス、教えてくれたことない？」

「……ああ、あるよ」

ウルマスが懐かしそうに目を細めた。

「ユキに名前をつけたときだ。雪神様だからというのもあったけど——見つけたときから、ユキは綺麗だったから」

「それって、すっごくちっちゃいころでしょ。綺麗じゃ、ないんじゃないかなあ」

赤くなって反論しつつ、ユキは胸を押さえた。本当は尻尾を握りたいけれど、普段着とちがって重たい花嫁衣装に隠された尻尾は持つことができない。落ち着かないほど、胸は甘く高鳴っていた。

「本当に綺麗だったんだ」

なんでもないことのように、ウルマスは穏やかな声で言う。

「あたたかい光が差したみたいで、どきどきした。ユキと出会えたのは本当に偶然だけど、すごく幸運だと思ってる」

「……長いあいだ我慢しなくちゃいけなかったのに？」

「俺のしてた我慢は、ユキと結ばれたいのにできないっていう我慢だったって言っただろ」

「でも、我慢は我慢だよね」

「つらかったけど、でもいいんだ」

晴れやかな表情で、ウルマスは優しくユキを見つめた。

「結局こうして唯一無二の二人になれたんだから。偶然拾った雪神様がこんなにいい子で、美しくて、愛情をそそぎたくなる相手で、同じように愛し返してくれるなんて、これ以上の幸運はない」

「……あ、ありがとう」

「幸運すぎるから、こういうのを運命って言うのかもな、って思ってる」

「——うん」

感動してつんと目の奥が痛くなって、ユキは赤くなって頬を押さえた。

ユキはなにひとつ変わっていないけれど、ウルマスはずいぶん変わった。どう思うか、なにを感じているかなんて、以前はほとんど口にしなかったのに、毎日のようにユキに言うのだ。綺麗だとか、可愛いとか——好きだとか。

ふわんと身体が浮いてしまうくらい嬉しいその変化には、まだ慣れられずにいるけれど、それさえ幸せだった。

出会うべくして出会ったひとと結ばれるのは、きっと世界で一番幸せなことだ。ウルマスという人が存在していて出会えたこと自体が、奇跡のようだから。

山道を抜け、家の立ち並ぶあたりに差しかかると、つづら折りになった道の下のほうで、人々が待ち構えているのが見えた。みんな輝くような笑みを浮かべ、ユキたちが到着するのを待っている。冷えきった空気を通して、綺麗だ、という感嘆の声が聞こえて、ユキはウルマスを見上げた。

「……尻尾、握れないから……手をつないでもいい?」

「不安か?　いいよ、つないでいこう」

微笑したウルマスはしっかりユキの手を握ってくれる。そうすると落ち着かない気持ちもすうっと凪いで、結ばれている、と感じた。

精を受けても身体は変わらなかったし、神様に報告して絆の契りを結んでも、目に見えてなにかが変化するわけじゃない。でもわかる。

「ウルマス」

ユキはちょっと手を引いて、シュエにも聞こえますように、と願いながら言った。

「愛してる」

「……俺も、おまえだけを愛している」

足をとめて誓うように唇が重ねられ、ユキはつかのま、熱っぽい口づけに酔いしれた。

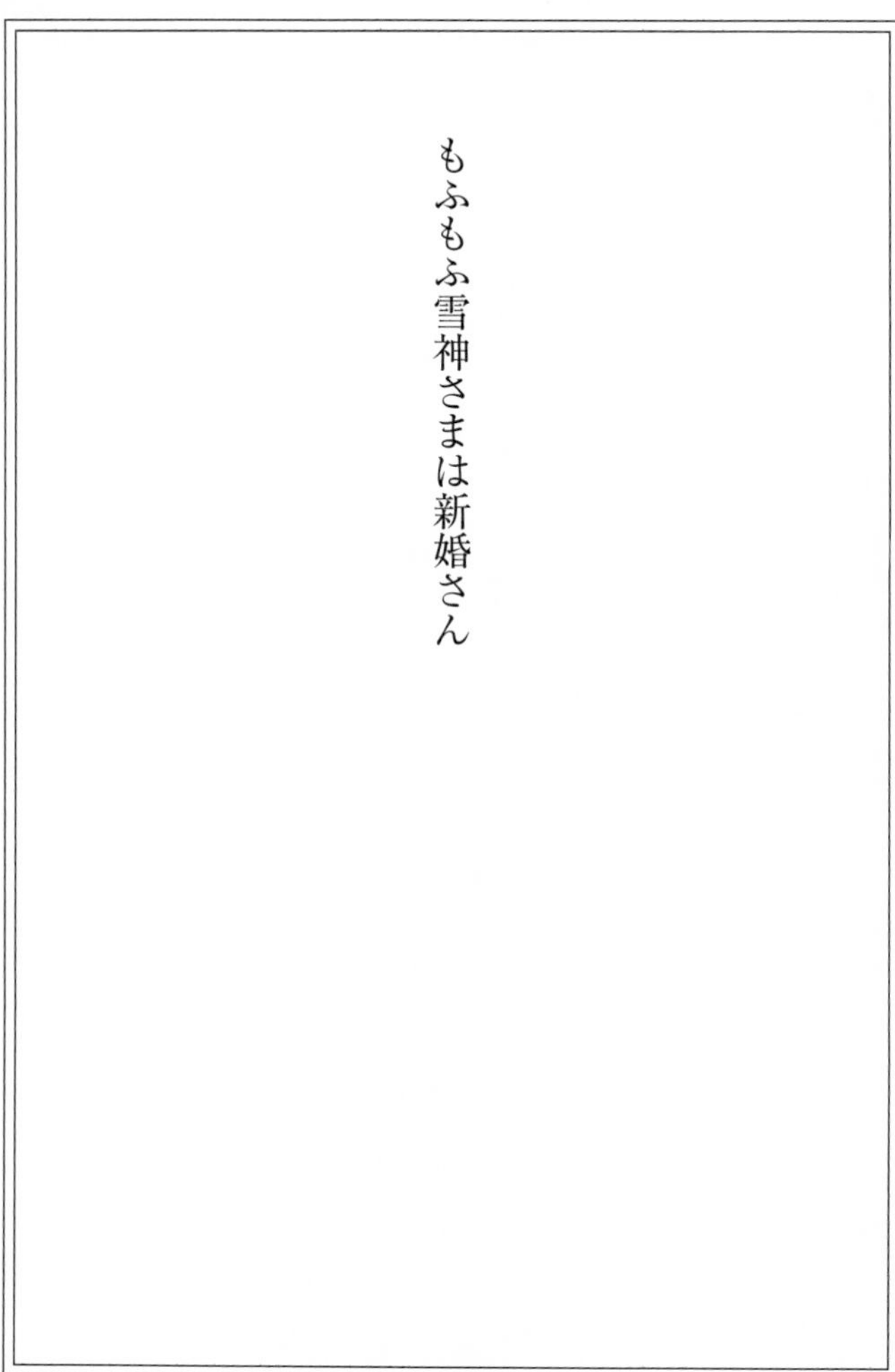

もふもふ雪神さまは新婚さん

四月――。

昨日の夜からウルマスが煮込んでくれた羊肉の香草煮を深皿に入れて、ユキはリッサの家へと向かった。一緒にお昼ごはんを食べるためだ。

最近、なにもない日は昼食を彼女と食べるのが習慣になっていた。ウルマスは晴れの日が増えた三月の末から、昼間は仕事に出るようになったからだ。雪に閉ざされる冬のあいだは、家の中でいつも一緒に過ごしていたので、ひとりの時間が寂しい。もう少しあたたかくなればユキでも手伝える仕事もいろいろと出てくるが、まだこの時期は暇なのだった。

「リッサ、お昼持ってきたよ」

扉を叩いて開けた途端、賑やかな声が溢れてきて、ユキは目を丸くした。

声を上げて笑っていたリッサが振り向く。その腕にはまだ小さな赤ちゃんが抱かれていて、赤ちゃんはご機嫌で――手にしっかりと、銀色の髪を握りしめていた。

髪を摑まれて渋面なのはシュエだった。

「シュエ！　どうしてここにいるの？　赤ちゃんも……どうして？」

ぽかんとしてユキは三人を見つめた。リッサは笑いながら「まあ、入りなさいよ」と促す。

「赤ちゃん、半日だけ預かってるのよ。両親が上の集落まで手伝いに行ったから」

あー、と可愛い声を出しているのは、去年リッサが祝い帯を送った夫婦の子供だ。ハイヌと名づけられた女の子は待望の、久しぶりの子供だったから、ユキもよく知っている。近づくとハイヌはにこにこして、ユキの獣耳に手を伸ばした。

解放されたシュエがため息をつく。

「まったく、この子は大物になるにちがいないね。私の髪をむしろうとするなんて」

「綺麗だから持ってみたくなるのよ、赤ちゃんなんてそんなものよ」

上手にあやしながらリッサがハイヌに微笑みかけた。

「いくらでもむしっていいのよー。勝手に、しかもしょっちゅう押しかけてくる神様なんだから、赤ちゃんのご機嫌取りくらいには役に立ってもらわなくちゃ」

「しょっちゅう?」

ユキが前にシュエに会ったのは、ウルマスと正式に絆の契りの儀式をあげる前だ。もう五か月近く経つのに、しょっちゅうとは言わない気がして首をかしげると、シュエはばつが悪そうな顔をして、リッサは皮肉っぽい視線を向けた。

「そう、しょっちゅうなの。月に一度は来て、うちの二階からお向かいを気にしてるのよ。邪魔だったらありゃしない」

「……私は雪神だよ。邪魔ってことはないだろう」

「あたしだってたまに来るだけなら邪険にはしないわよ。毎月来たあげくにウルマスたちには内緒にしてくれって言うから面倒なだけ」

神様相手にも物怖じしないリッサは、ユキを見て仕方なさそうに肩を竦めた。

「今日だって、ハイヌが髪の毛を摑んだりしなきゃ、ユキが来るあいだは隠れてるつもりだったみたいよ」

「来てたなら、言ってくれればよかったのに」

ユキがそう言うと、シュエはため息をついて椅子に座った。

「ユキはよくても、ウルマスは警戒するでしょう。あちらに連れて帰りたいのか、って思われそうだから、これでも遠慮しているんだよ。私は同胞だったユキが幸せかどうか気になっているだけなんだけどね」

はからずも赤ちゃんの相手をすることになって疲れたのか、テーブルに肘をついた後ろ姿は心なしか背中が丸まっている。ユキは彼の前に皿を置いた。

「わざわざ心配してくれてありがとう。よかったら、シュエも一緒にごはん食べていって。ウルマスが昨日から煮込んでくれて、すごくおいしいから」

「……そうだね、けがれるけど、ちょっとだけなら食べようかな」

シュエは少し複雑そうな表情をしながらも、木さじを手にして香草煮を取りわけた。ユキはリッサを振り返った。

「リッサもどうぞ。赤ちゃんはぼくが抱っこしておくから、先に食べて」

「ありがと、助かるわ。抱っこしてればご機嫌なんだけど、なかなか寝てくれなくて、寝床に下ろすと泣いちゃうのよね」

そっと手渡された赤ん坊は、予想よりも重たかった。湿り気を帯びてあたたかく、頼りないくらいやわらかい。

「ハイヌもそろそろミルクの時間だから、飲ませてみましょ。飲んだら眠ってくれると思うわ」

リッサはそう言って台所に立ち、ミルクをあたためはじめる。高めの温度に熱して土器の哺乳瓶に入れ、冷ましてからユキに手渡してくる。

「はい、ユキがやってみて。練習になるでしょ」

「なんの練習？」

「もちろん、ウルマスとのあいだに赤ちゃんができたときのための練習よ」

にんまり笑ってリッサは「ね？」とシュエのほうを見る。シュエは拗(す)ねたように眉を寄せた。

「きみはどうしてそうお喋(しゃべ)りなんだろうね」

「だって、隠しておくことないじゃないの。心配するのもおかしいと思うけど、心配してることくらい伝えても困らないでしょう」

あたしうじうじしてるのって好きじゃないの、とリッサは言い放つ。ユキは哺乳瓶の先を赤ちゃんの口にあてがって、またしても首をかしげてしまった。

「なんの話？」

「シュエはね」

言いにくそうなシュエよりも、リッサのほうが早く答えてくれる。

「ユキが神様のままだから、もしかしたら子供が生まれるんじゃないかって思ってるんですって」

「えっ……」

びっくりしすぎて、ユキは咄嗟になにも言えなかった。腕の中の赤ちゃんを見て、これが、とぼんやり思う。

こんなふうにくにゃっとして、あったかくて重たいものが、自分にも産めるのだろうか。

「――ウルマスとは、子供ってできないんだと思ってた……」

「普通はできないよ。ユキは人間になっちゃうはずだったからね。でも神様なら、不可能というわけじゃない。私たち雪神は普段、自分の身体を使って子供を作ることはないけど、それはできないからじゃなくて、大変だからやらないだけだもの」

「……ウルマスが人間でも、大丈夫なの？」

「それは私にもわからないなあ」

シュエは香草煮を口に運んで、じっとユキを眺めた。

「なにしろ、私たちの誰にも経験がないことだからね。人間の精を受けても人間にならないなんて考えたことがなかったから、子供ができたとしても不思議じゃないし、逆にできなくてもおかしくはない。——まあ、新しい命は生と死の神の管轄だから、そもそもが、私たちにはよくわからないことばかりなんだけど。もしユキとウルマスのあいだに子供ができたら、その子は人なのか神なのか、確かめてみなくちゃいけないだろう?」

「——そうだよね」

シュエが気にするのも当然だ、とユキは思ったが、リッサは自分も香草煮を食べながら、不愉快そうに眉を上げた。

「べつにどっちだっていいじゃないの。神様と人間が半分半分だったとして、本人がなにか困る? どこだって好きな場所で暮らせばいいし、好きなことをしたってかまわないでしょ。もしかしたら半分神様のせいで苦労することもあるかもしれないけど、まるっと人間だって苦労するときはするんだもの。生まれる前からシュエが気にしたってしょうがないじゃない」

さばさばした物言いはいかにもリッサらしい。シュエはむっとしたように唇を引き結び、ほんのり頬を赤くした。

「しょうがないと言われても、気にしないわけにはいかないよ。私たち雪神にとっても、子供が生まれるというのは大事なことなんだから。もし神様だったら、できるだけ皆で守ってあげたいし……」

「あら、もし人間だったり、半分半分だったら守ってあげないわけ？」

「――そういうわけじゃない。大事なユキの子供だもの、幸いに恵まれてほしいと思ってるよ」

「よかった」

　リッサは大きくにっこりした。

「つまりシュエは、ユキに子供が生まれたらいいな、生まれてきたら可愛がりたいなと思って、先走って我が家から盗み見してるのね？　それならまあ、許してあげないこともないわ」

　う、とシュエが言葉につまる。リッサはさらにたたみかけた。

「可愛がりたいと思って赤ちゃんを心待ちにしてるなら、もう隠さなくてもいいわよね。こうしてユキにも知られちゃったんだし、これからは堂々と会いに来たらいいじゃない。もちろん、夜は二人の邪魔をしないように、うちに泊まってくれていいわよ」

「…………一応、礼を言うよ……」

　シュエが仕方なさそうに言う。神様相手にも一歩も引かない上、手綱を握っているリッサはすごい。

感心しながら、ユキは上手にミルクを飲んでいる赤ちゃんに視線を落とした。慣れないユキの手つきにも文句を言わず、表情は無心で愛らしい。ばら色をしたほっぺはつついてみたくなる丸さだ。目元は父親似だけれど、ぱっと見の印象は母親に似ていて、可愛い、と思うとなんだか胸がいっぱいになってくる。

愛おしくてこんなに尊いものをウルマスとふたりで生み出せるとしたら、それは——どんなに嬉しくて、どんなに幸せだろう。

「シュエ、ありがとう」

今すぐウルマスに会いたい気持ちがこみ上げてきて、ユキはうるんだ目をまばたいてシュエを見た。

「もしかしたら赤ちゃんできるかもって言ったら、ウルマスも喜ぶと思う。教えてくれて、ほんとにありがとう」

「——私はなにもしてないよ」

「そんなことないよ、心配してくれた」

ユキにとってのシュエは、雪神としての兄のような存在だ。ウルマスと結ばれることを祝福はしてくれても、心の底から歓迎しているわけではないと思っていたから、こんなふうに案じてもらえるだなんて本当に嬉しい。

「ウルマスが帰ってきたら、さっそく伝えるね。シュエが心配してリッサの家から見ててくれたよっていうのと、赤ちゃんのことと」

「それはいいわね」

リッサはにんまりしたが、シュエは気まずげに視線を逸らした。

「──これ以上、ウルマスに嫌われるのは気がすすまないなあ」

「えっ、そんなことないよ、嫌われたりしないから大丈夫」

ウルマスの見た目が無愛想だから誤解しているのかもしれない、とユキはことさらににこした。

「シュエも、今度はうちにも遊びに来て」

「わかった。今度ね」

ため息まじりに約束してもらうと、ハイヌが瓶から口を離した。こぼしてしまったミルクを拭いてやり、リッサと交代して食事を取る。大きく口を開けて羊肉を頬張り、思いついてシュエと目をあわせた。

「赤ちゃん、生まれたらシュエが名前をつけてくれる?」

「……ウルマスがいいなら私はかまわないけど、でも、赤ちゃんを作るのって簡単じゃないからね」

釘をさすように、シュエは手を伸ばしてユキの耳に触れた。

「私たちがきみを望んだときだって、みんなで心をあわせて、頑張ってお願いしたんだよ。

──ユキも、子供がほしいと思うなら、いろいろ努力しないと、生と死の神様は授けてくれないからね」

「うん、頑張るよ」

答えたときには、もうほしい気持ちでいっぱいになっていた。

ウルマスと二人きりの生活も幸せだけれど、大好きなウルマスの子供がいたら、幸せは二倍にも三倍にもなるはずだ。好きな相手が増えた分だけ、幸福を嚙みしめられるにちがいない。

「あのね、ぼく、赤ちゃん産めるかもしれないんだって！」

夜、帰ってきたウルマスに飛びついてそう言うと、ウルマスはぎしっと音がしそうな勢いで動きをとめ、信じられないと言いたげな表情をした。

「……なんだって？」

「シュエが、ぼくとウルマスのあいだに赤ちゃんができないか気にして、リッサのところに遊びに来てたんだよ。ほら、ぼくまだ耳も尻尾もあるじゃない？　人間になれてなくて雪神のままだから、赤ちゃんできることもあるって教えてくれたんだよ。頑張らないとだめみたいだけど、ぼく、ウルマスと赤ちゃん作るためだったら、いっぱい頑張るよ」

「頑張るって……いろいろ聞き捨てならないんだが、まあシュエのことはいい」

上着を脱いだウルマスはユキを抱き寄せてくれる。額を押し当てて目を覗き込まれると、安堵と落ち着かなさを混ぜたような不思議な気持ちになった。愛情を言葉にするのを惜しまなくなったウルマスは、その眼差しまで雄弁になって、嬉しいけれどどきどきするのだ。

「それで？　子供を作れるかもって聞いて、ユキは嬉しかった？」

「う……ん。みんながお祝いしてくれるいいことだし——それに、ウルマスに似てる子だったら、すっごく可愛いでしょう」

「じゃあ、ほしい？」

「うん……無理だと思ってたから考えたこともなかったけど、もしできるなら、いいなあって思う。——ウルマスは？」

なんだか思ったよりもウルマスが嬉しそうではない気がして、ユキは耳を下げた。

「赤ちゃん、ほしくない？」

「ユキと同じで、考えたこともなかったから、正直嬉しいと思うより、信じられない気持ちのほうが強いな。シュエの言うことだし」

「たしかに、絶対できるって言われたわけじゃないけど」

ウルマスの手が下がった耳を持ち上げるように、髪をかきわけて撫でてくる。くすぐったさにぴるりと耳が動いて、ユキは息を乱した。最近、耳を触られると背中がぞくぞくして、おなかの奥が熱くなってしまう。

「でも……子供がいて、ウルマスがお父さんで、家族になるのも、きっと幸せだと思うんだ。……変？」

「変じゃないよ」

触れるだけの口づけをくれて、ウルマスはなおも耳をいじる。

「だけど、忘れないでくれ。俺はユキがいてくれればそれだけでも幸せなんだ。そりゃ、ユキに似た子供ができたら可愛いに決まってるし、家族が作れたら嬉しい。でもな、嘘か本当かわからないシュエの言うことを真に受けて、やっぱりだめでしたってことになって悲しい気持ちになってほしくない」

真面目な眼差しで見つめられ、ユキはふわっと赤くなった。心臓が高鳴って、苦しいくらい胸がいっぱいになって——好きだ、と強く思う。ウルマスが好きだ。前から大好きだけれど、彼からも愛されている、と感じると、どうしていいかわからなくなるくらい、愛情が湧いてくる。

「ありがとう、ウルマス。……好き」

むぎゅっと抱きついて、抱きしめ返してもらえるのはなんて幸せなのだろう。

あやすように身体を揺らしてくれたウルマスは、「それに」と笑いまじりの声を出した。

「赤ちゃんがほしいなら、もうちょっと大人にならないとな」

「ぼく大人だよ？」

きょとんと首をかしげると、ウルマスはからかうような表情をする。

「一応はな。だけど、今でも一回したら、すぐ眠くなるだろ」

「それは……でも、一回って言っても、長いもん」

「長くない、普通だ。あれで疲れてるようなら、まだまだお子様だぞ」

低くなったウルマスの声は色っぽい。細められた眼差しも甘さをはらんで、ユキは息をつめた。空気が、寝台の中と一緒だ。

「ユキ、すぐ泣くし」

「だって……ぁ、」

耳の中に指が入って、ぞくぞくと身体が震えた。ウルマスはやんわり下唇を吸う。

「一晩に二回とか、三回できるようになるようになって、毎日しても平気にならないと。赤ちゃん産んで育てるなら、体力も必要だからな」

「っ、わかった……、頑張る、……ん、」

ちゅ、と舌を吸い出され、ついに力が抜けた。濡れた吐息を漏らして無意識に腰をすり寄せる。

「どうしよう……ごはん、まだなのに……」

「したい？」

「……ん、ぅ……っ」

頷く途中で深く口づけられ、夢中で抱きついた。ウルマスは尻に手を回すと危なげなく抱え上げ、ユキは脚を彼の腰に巻きつけた。

熱を帯びてきた口づけを交わしながら、二階まで運ばれ、服を剝ぎ取られたときには、おなかの奥がもう蕩けそうだった。裸になっていくウルマスを見上げれば呼吸が乱れて、ユキは尻尾を動かして口元に持ってきた。はむ、とくわえると、のしかかろうとしたウルマスが笑う。

「なんだ、不安になったか?」

「ううん。……どきどき、するから……ん、んっ」

そっと尻尾をよけられ、口づけされる。くちゅりと口内をかきまわしつつ、ウルマスは尻尾の毛並みを撫でてきて、気持ちよさが付け根まで伝わった。びびび、と痙攣するように尻尾が震えてしまう。

「っは、しっぽ、だめ……っ、力が抜けちゃ、……っぁ、んッ」

「好きだろ、撫でられるの」

ウルマスは先のほうから根元へと逆撫でしていく。普通ならいやな感じがするはずなのに、ウルマスにされると気持ちがいいのだ。下敷きになった付け根まで触られ、ゆっくり尻に指が食い込むと、すぼまりがうごめくのが自分でもわかった。期待するように閉じたりひらいたりして、尻を揉まれるのにあわせて熱っぽくなっていく。

「だめ……っ、あな、あな、が、……ふ、……ぁ、……っ」

「むずむずする？　触ってほしいか？」

優しい声でウルマスは囁く。ユキはもどかしく頷いた。

「なか、触って……っ、知ってるでしょ……、昨日も、その前も、聞いた、のに」

「今日は触ってほしいかわからないだろ。いやなことはしたくないんだ」

ちゅ、ちゅ、と唇をついばんで、ウルマスは寝台の下に置いてある油の壺を取る。あためた油をすぼまりに塗り込められる感触はもう覚えてしまっているから、壺を見るだけできゅうっとへそのあたりがすくむ。

とろとろに潤されて、ウルマスの大きいものを挿入されて、奥までずぷずぷ突かれるのだ。痺れて、なにも考えられなくなるほど気持ちいい——つながる行為。

「ユキ、油を見るだけで膝がひらくようになったな。顔が蕩けてる」

たっぷりすくい取ったウルマスは、熱っぽい視線でユキを見下ろした。恥ずかしい表情をしている自覚はあるから、ユキはぎゅっと枕を握って顔を背けた。

「あんまり、見ないで……」

「どうして？　我慢できなくて素直なの、可愛いぞ。顔も——ここも」

「ッ、あ……っ、あぁっ」

ぬるっと陰茎をこすられて、思わず腰が跳ね上がる。なめらかにウルマスの手が上下するのは油と先走りのせいだ。敏感になった先端をぬるぬるいじられると、痛みにも似た快感が芯を走り抜け、いくらももたずにユキは吐精した。

「は……ぁ、……っ、は……っ」

「いくのが早いよな、ユキは。嬉しくなる」

うなだれた陰茎を愛しげにこすり、ウルマスはそのまま指を奥へと伸ばす。達した余韻も抜けきらないうちに、押し込むようにして中指が入れられ、かくん、と顎が上がる。

「待っ……は、……ん、ぁっ……あ……っ」

「苦しくないか？」

「な……い、……っ、けど、……っ、ふ、ぁッ、……んっ」

指一本だけなら、もう苦しさは感じない。けれど、自分の身体がウルマスを呑み込み、異物感よりもじんじんした疼きが強いのが――つらい。

指では届かない奥がどれほど感じるか知っているから、足りなくて肌が焦げるような錯覚がする。

「ウルマス、ス……っ、さんぼん、……三本いれ、……ぇっ」

せつないほどゆっくり、一本の指だけ出し入れされて、ユキはしどけなくひらいた膝に手をかけた。赤ちゃんが抱えられておしっこをするような格好を自分で取って、きゅっと尻を持ち上げる。

「見て……っ、もう、へいき、でしょ……？」

受け入れる準備ができたかどうか、ウルマスはいつもこの格好をさせて、すぼまりを確かめるのだ。色づいて口を開けた孔をじっくり見ながら三本指が呑み込めるのを確認して、それから彼自身をおさめてくれる。

「偉いな、ユキは。言わなくてもちゃんと、教えたとおりにできるもんな」

常より濃い色をした目を細め、ウルマスはユキの姿を眺めた。指を抜いて孔の色を確かめ、揃えた三本の指をあてがい直して、ねじるように挿入してくる。

「ふ……っ、ぁ、……っ」

尾てい骨からうなじまで駆け上る快感に、ぶるりと全身が震えた。孔のふちに、ウルマスの指の節が当たっている。柔軟なそこがぴったり指のかたちになって、出し入れされるのにあわせてゆるんだりすぼまったりした。

それなのにウルマスはなおも聞く。

「うん、上手に入れられてるな。奥は？　ほしくなってるか？」

「っ、ほしい、よ……っ、いっぱい、おくまで、ほしい……っ」

「今日は二回、頑張れそうか？」

「あっ、ぅ……、んっ、がんば、る……っ、から、ぁ……っ」

もう我慢できない。自分でひくひく腰を動かしても、指三本でふさがれても足りないのだ。

ウルマスは粘膜のやわらかさを味わうように指を遊ばせてから抜き取ると、かるく唇に口づけた。

「抜かないで二回にしよう。二回めはゆっくりにするけど、つらかったら言えよ」

「ん……へい、き……っぁ、……っ」

太ももを撫でられ、硬くなったウルマスのものを押しつけられる。ぬちぬち音をさせてなじませ、じっくりと埋め込まれる感触に、ユキは耳を震わせた。痙攣するように腹が波打って、熱くて太い分身を食い締める。ずっしり重いそれが入ってくると、視界にちかちかと星が舞った。

「ッ、あ……、ふ……っ、ぁ、……ッ」

「そう、息はとめるなよ——いい子だ、ユキ」

限界まで蕩けているのに、襞（ひだ）が吸いつくせいで挿入は簡単にはいかない。ウルマスは小刻みに抜き差しを繰り返し、なだめるように筒内をこすっては、奥へ奥へと含ませてくれる。いつもよりもウルマスの雄が太いように思えて、ユキは息を乱しながらまばたいた。

「ぁ、……ぼく……っ、い、いこ……っ？」

「ああ。今日はすごく熱いし、……ほら、わかるか？　奥のほうほどぐずぐずになってる」

「──っ、ぁっ、あぁっ、……ん、ぁあっ」

ずん、と強く突かれて、身体が反り返った。衝撃に続けて焼けるような快感が駆け巡り、遅れてウルマスの切っ先が当たる粘膜の奥が痺れる。

「っそこ……っ、ぁ、あ、やっ、ぁッ、ら、め……っ、」

「大好きだもんな、奥」

「ひ……っ、ぁ、……しっぽ、や、あッ、あぁッ」

太い尻尾を掴んだウルマスは、性器にするようにしごきながら、ぐりぐりと奥壁を刺激してくる。ねっとり歪んだそこが破けそうで、こわいのにおかしいほど気持ちいい。痒いような、じゅわじゅわ溶けていくような──ウルマスとつながったときしか味わえない、特別な快感だった。

「ぁ、──っ、あ、……っ」

抗えず、びくん、とつま先を痙攣させて達する。腹から波紋のように広がる絶頂感が手足まで満ちて、ユキは本能のままに尻を動かしてウルマスを締めつけた。ぐっと眉を寄せて快感に耐えたウルマスは、ユキが脱力すると左脚を抱え上げる。

「これだけとろとろなら、全部入れても大丈夫そうだ」

「……ぜ、んぶ……?」

耳鳴りの向こうから届くウルマスの声はぼやけている。力の入らない体内で、硬くてたくましいままのウルマスの太さがひどくはっきり感じられた。それがわずかに引いたかと思うと、勢いをつけて突き上げてきて、かっと脳裏で火花が散った。

「ッ、ぁ、……ッ、い、……ぁ、あぁッ！」

心臓まで串刺(くしざ)しにされたようで、本当に膜が破けた気さえした。今まで入ったことのない場所まで、ウルマスの切っ先が入り込んでいる。大きく張り出した雁首(かりくび)がひときわ狭まったところを一度抜け、再び貫通して、ユキは達すると意識するより先に背をしならせた。

「――っは、……、ぁ、……ッ」

崖から落ちたときみたいに、全身が飛んでいるようだった。空まで昇りつめて落ち、落ちている最中にまた穿(うが)たれて息がとまる。ウルマスの先端が埋まった奥の奥は火のように熱かった。敏感で繊細なそこをかきまわされて、壊れちゃう、と思った直後には、また弾(はじ)けていた。

「……ひ、……んっ、……！」

射精したと感じたのに、勢いよく溢れたのは透明な液体だった。しゃあっと撒(ま)き散らされるたびに強烈な快感が腹を焼き、ユキは愕然(がくぜん)としながら震えた。

「や、ぁっ、と、まらな、……ぁっ、お、おしっこ……ぁ、あぁッ」

「潮だよ。いいんだ、とまらなくて」

ぐちゅ、ずくん、と休みなく狭隘を攻め立て、ウルマスは満足そうに唇を舐めた。

「気持ちいいだろう？　もっと噴いていいからな。——俺も、気持ちいい」

「ッ、ウルマス、も……？」

すがる思いで見上げると、優しい笑みが返ってくる。

「すごくいい。俺のが全部ユキの中に入って、吸いついてきて……ユキが潮噴きするくらい感じてて、めちゃくちゃいい」

「〜〜ッ、ァ、……ッ、また、ぁ、ああッ」

ウルマスも気持ちがいいんだ、とほっとするのと同時にぬかるみをえぐられ、さっきよりもたっぷりと潮が溢れた。あとにはとろみのある体液が染み出して幹を伝う。ウルマスはそれを見つめながら呟いた。

「このまま……出したら、ほんとにできるかもな」

「……でき、……る？」

「赤ちゃん。——奥に、出していいか？」

聞かれれば、いやだなんて言えるわけもなかった。じわりとした喜びがこみ上げて、ユキは目を潤ませた。

「うんっ……出して……っ」

シュエの言うことが現実になるかどうかは、ユキにもわからない。けれど、子供ができるかも、と言いながら、精を注いでくれようとするウルマスの気持ちが嬉しい。

「おく、はじめてだから……にんげん、に、なっちゃ、うかも、しれないけど……っ」

「どっちでもいいよ。俺はユキが好きだ」

ウルマスは嚙みしめるように静かにそう言って、一度身体を倒すと唇をついばんだ。甘く舌をからませあうのが幸せで、ユキは彼の首筋にしがみつく。好きだ、ともう一度囁いたウルマスは、その体勢のまま、律動を再開した。

「あ……ッ、ん、ぁッ、……ふ、……ぁ、ン、ぁッ」

濡れそぼったくびれをぬぷぬぷ出し入れされるのが、幸福感をさらに高めていく。奥の突きあたりを攻められるのが一番気持ちいいと思っていたけれど——その先まで挿入されて愛されると、ここにほしかったのだ、と悟らざるをえなかった。だって、すごい。快感だけでなく、しっかり嵌め込まれる充実感が、意識まで痺れさせていく。あたたかな桃色が全身に満ちて、ユキはぴゅくぴゅくと潮をこぼしながら微笑んだ。

「っ、ウルマス……っ、す、き……、ウルマ、ス……っ」

「俺もだ。……可愛い、俺のユキ——」

荒い息の下、うめくようにウルマスが囁いてくれる。掠れたその声音の真摯さが嬉しくて、百回でも好きと言いたかったけれど、ウルマスの動きが速くなるにつれ、ユキは満足に息もできなくなった。

「ッ、……は、……ッ、ん、——ッ、ア、……っ」

意識も身体も揺れる。不規則に痙攣しこわばってしまうのは、何度もかるく極めているせいだった。じゅっ、じゅっ、という水音だけが尾を引いて幾重にも重なって、二人分の呼吸と混じりあう。ウルマスの砲身にこすられ続けたくびれが甘く麻痺しかけると、ひときわ深々と打ちつけられた。

「……、ユキ、……っ」

遠く聞こえるウルマスの声に、ユキは答えられないまま、無意識のうちに腰をかかげていた。自ら受け入れるために反り返り、ぱっくりと口を開けた蜜壺の深くへと、精が放たれて広がっていく。雪片が肌の上で溶けるのにも似た感覚がはっきりと感じ取れて、次からは、とぼんやり思った。

毎回、ここに出してもらおう。赤ちゃんができたらもちろん幸せだけれど、こんなに深くつながれる証としてだけでも、誰にも真似できない深いところを、ウルマスには満たしてほしいから。

「ごめんね、ウルマス……」

クリーム入りのお茶を作ってもらい、ユキはしゅんとうなだれていた。

「起こしてくれてもよかったのに」

「いいんだ。前より深くつながれるようになっただけでも進歩だろ」

椅子を並べて隣に座ったウルマスは、いたわるように頭を撫で、こめかみに口づけてくれる。

「寝ちゃうところも可愛いと思ってるから、安心しな」

「……大人になるのって大変だね」

結局、昨夜も一回しかできなかったのだ。初めての快感の刺激が強すぎたのか、気がついたときにはもう朝だった。

「時間がかかるのだって楽しいだろ。次にまた頑張ってみればいい」

「——うん。頑張るね」

落ち込んでいるユキとは対照的に、ウルマスはずいぶん機嫌がよさそうだった。なんでだろう、とじっと見つめると、目尻を下げて微笑まれる。

「どうした?」

「ウルマス、ご機嫌だなって思って」

「ああ、さっき、ユキを起こす前にリッサのところに行って、シュエに会ってきたんだ。

新婚の邪魔はするなって言ったら、言われなくてももう見られそうもないってしおれて、帰っていったからな。これでしばらくは安心だと思うと、激しくした甲斐(かい)があった。まさか潮まで噴いてもらえるとは思わなかったが……」

「はげしく？」

邪魔するなと言われて、シュエはどうして「見られそうもない」だなんて言ったのだろう。

（リッサも見てるって言ってたけど、心配してくれてるってことだよね？　本当に覗き見してるとかじゃないのに……変なの）

見守ってくれていてもいいのに、と思いつつ首をかしげると、彼は視線を逸らしてさりげなく咳払(せきばら)いした。

「いや、なんでもない。とにかく、シュエに邪魔されずにいちゃいちゃできるのが嬉しいってことだ」

「シュエも邪魔するつもりはないと思うけど……でも、ウルマスが嬉しいならよかった」

晴れやかなウルマスの表情を見ていると、ユキまで気持ちが明るくなる。えへへ、と笑ってもたれかかって、ぎゅっと腕を抱きしめた。

「じゃあ、今夜も頑張る？」

「――ユキは意外と大胆だよな」

なぜかウルマスは赤くなってお茶を飲む。珍しいと思ったが、横目でユキを見たウルマスが顔を近づけてきたので、些細な疑問はどうでもよくなった。ちゅ、と可愛らしい音をさせて口づけるのは、すごく好きな行為だ。

「ユキが頑張ってくれるなら、俺としては大歓迎だよ」

「じゃあ、頑張る」

「うん。……愛してる」

「ぼくも」

いつものように首筋に腕を巻きつけてもう一度口づけをねだり、ユキはちらりと思った。

いっそのこと、シュエが本当に全部見ていたらいいのに。

口づけも、昨日の夜の恥ずかしいほど乱れた姿も――ウルマスと二人だけの秘密だけれど、見てもらえたらいい。

そうしたら、どんなにユキが幸せか、わかるはずなのだ。心配なんかいらないとわかって、シュエだけでなく、どんな神様だって祝福してくれるだろう。

あとがき

こんにちは、または初めまして。このたびは『もふもふ雪神さまのお嫁入り』をお手に取っていただきましてありがとうございます。

シャレードさんでは、一冊目から人外ものが続いているのですが、今回は大好きな中央アジアをモデルにした異世界で、神様受けのお話にしてみました。

ユキヒョウがとても好きで……ヒョウなのにどこかまるっとした雰囲気、とにかくもふもふの毛並み、長い尻尾、不安になると尻尾をくわえるところ、なにもかもが可愛いです。映像を見るたびに「尻尾をはむっとする受がいたら悶絶してしまう……私と攻が」と思っていて、いつか絶対ユキヒョウ受を書きたいと考えていたので、とても楽しかったです。

せっかくの神様受なので、おばかなくらい純粋で一途な子にしたら、攻は自然と寡黙な父兼兄のような性格になったのですが、両片思いなお話、楽しんでいただけましたでしょうか。高い山の上の素朴な暮らしや冷たい空気を思いながら、読んでいただけたらとても嬉しいです。

イラストは私が大好きなミギノヤギ先生にお願いすることができました。先生の絵の空気感が好きなので、ご一緒できてとても光栄でした。シュエやリッサ、シリンも描いていただけて幸せです。ミギノ先生、素敵なイラストを本当にありがとうございました！

いつもと違う状況のせいか、だめだめだった私に呆れずにおつきあいくださった担当様もありがとうございました。校正、制作、印刷、営業、流通、書店の皆様にも、この場を借りてお礼申し上げます。読者の皆様も、長引く不安やストレスを感じていらっしゃる方も多いと思います。読書で少しでも楽しい時間を過ごしていただければ嬉しいです。恒例のおまけSSを今回も公開いたしますので、ブログにも遊びにきてくださいね。お待ちしております！　http://aoiyuyu.jugem.jp

一か所でも気に入っていただけていることを祈りつつ、また次の作品でもお目にかかれれば幸いです。

二〇二〇年九月　葵居ゆゆ

葵居ゆゆ先生、ミギノヤギ先生へのお便り、
本作品に関するご意見、ご感想などは
〒101-8405
東京都千代田区神田三崎町2-18-11
二見書房　シャレード文庫
「もふもふ雪神さまのお嫁入り」係まで。

本作品は書き下ろしです

もふもふ雪神さまのお嫁入り

【著者】葵居ゆゆ

【発行所】株式会社二見書房
東京都千代田区神田三崎町2-18-11
電話　03(3515)2311［営業］
　　　03(3515)2314［編集］
振替　00170-4-2639
【印刷】株式会社 堀内印刷所
【製本】株式会社 村上製本所

落丁・乱丁本はお取り替えいたします。
定価は、カバーに表示してあります。

ISBN978-4-576-20143-6

https://charade.futami.co.jp/